Xīnbiān　　Pǔtōnghuà　　Jiàochéng

新編普通話教程

中級　**修訂版**
錄音掃碼即聽版

U0061677

編著_ 楊長進＋張勵妍＋肖正芳

統籌_ 姚德懷　　主編_ 繆錦安

出版説明

　　本教材初版於 1988 年，多年來深受廣大普通話教師和學習者歡迎。其間，因應普通話教學內容和考試要求的發展，本教材數次再版。此次新版，在 2012 年版本上訂正個別字詞注音，同時為了更好地適應當下讀者的使用習慣，我們將配套錄音光盤改為在線錄音資源，讀者可通過掃描二維碼或登錄網址等方式獲取音頻。

　　希望本教材能給廣大讀者提供切實的幫助，如有疏漏，懇請讀者批評指正。

三聯書店（香港）有限公司

編輯部

2023 年 8 月

修訂説明

　　本教材於 1988 年面世，至今已 24 年了。承蒙讀者愛戴，初級印刷 44 次，中級 25 次，高級 19 次。二十多年來，語言教學的理論和實踐都有很大發展，社會生活也有很大變化。為此，我們對這套教材做了較大的改動和修訂，保持了讀者喜愛的原有格局，重新編寫了內容，以嶄新的風貌呈獻給大家。

　　修訂後有兩個特點：一是漢語拼音體系更科學、更規範。針對香港人學習普通話的難點，加強了語音、詞彙、語法的練習。二是會話部分更換了大量的課文。加強了口語元素，會話內容反映當前社會生活，會話用語體現當下普通話交際實況，使讀者學以致用，立竿見影。

　　修訂版分工如下，初級：語音部分張勵妍，課文部分楊長進；中級：語音部分肖正芳，課文部分肖正芳；高級：語音部分張勵妍，課文部分楊長進。審閱繆錦安，統籌姚德懷。

　　水平有限，難免錯漏，祈望指正！

編者謹識

2012 年 9 月

目 錄

編者的話

語音部分

第一課	音節　聲母　韻母　聲調	12
第二課	拼寫規則	15
第三課	發音辨別（一）j q x　zh ch sh r　z c s	19
第四課	發音辨別（二）鼻韻母的分辨	22
第五課	發音辨別（三）n 與 l	25
第六課	輕聲的性質和運用	28
第七課	兒化音節的運用	31
第八課	字音辨別（一）掌握齊齒呼韻母（i-）	34
第九課	字音辨別（二）糾正聲調誤讀	37
第十課	字音辨別（三）送氣和不送氣　擦音和塞擦音	41
第十一課	字音辨別（四）掌握 r 聲母字	45
第十二課	多音多義字	48

課文部分

第一課	北京烤鴨	52
第二課	學普通話	57
第三課	居住	64
第四課	出發之前	69
第五課	海洋公園	74
第六課	銀行服務	79
第七課	我和體育	84
第八課	辦喜事	89
第九課	家在香港	95
第十課	維修電器	100
第十一課	我的煩惱——談談社會公德	106
第十二課	年宵花市	112
第十三課	遠方來信	118
第十四課	香港法律知識點滴	123
第十五課	短文兩篇：愛護地球 / 棉猴兒	129

附錄

普通話音節表	136
漢語拼音方案	140

編者的話

香港中國語文學會成立於 1979 年。教學普通話，以至進行有關普通話的研究、出版、宣傳和推廣，一直是學會的重點工作之一。

學會的普通話課程分（1）基礎課程和（2）深造、專業課程（包括考試課程）兩大類。基礎課程又分初級、中級和高級，每級上課時間約為 24 小時，整個基礎課程的講授時間約為 72 小時。沒有學過普通話的學員一般就從初級學起，完成高級班課程，大致可達到香港考試局舉辦的"普通話水平測試（普通程度）"的水平。

多年來，本會陸續以課本和講義的形式編寫出版了初級、中級和高級普通話教材，用過這些教材的學員數以萬計。1985 年開始，我們對這些舊教材進行了較大的修改和補充。使它們更具系統性、更具針對性，結果就是現在與大家見面的這套教材。

新教材的編制仍舊和以前一樣，分初級、中級、高級三冊；授課時間也相應維持不變。

新教材是在多年的教學經驗基礎上編成的，其中的語音、詞彙、語法知識部分重點突出、簡明易懂，而課文部分則語言教材比較豐富，實用價值較高。三冊教材階段分明，內容緊密，由淺入深，循序漸進。

下面就香港地區普通話教學應注意的問題，結合本教材，提一些建議，供教師和學生參考。

1. **注重練習**　學好普通話的關鍵是多聽、多講、多練。

因此，在語音、詞彙、語法知識部分內我們精心設計了大量的練習。這些練習形式多樣，針對了香港人學習普通話的難點，相信很有實用意義。

2. **提供話題**　在課文部分，除了編排了練習之外，我們還提供了一些跟課文有關的話題，方便教師展開學生之間的交談。目前，在香港聽和講普通話的機會不多。因此，課堂上的交談和會話就十分重要。通過會話，可以發現學生的弱點，及時改進。每節課，教師應該安排二十分鐘到半小時的時間讓學生用普通話交談。

3. **注重實踐**　我們認為：在基礎課程階段，教學普通話主要是技能訓練，不是知識傳授。因此這套教材注重實踐，注重辨音能力和會話能力的提高，把與技能訓練關係不大的理論留給深造專修課程。

4. **學生要學好漢語拼音方案**　漢語拼音方案是現在國際上通用的為漢字注音的工具。我們也採用了漢語拼音為漢字注音，希望學員們重視它，學好它。學好漢語拼音，就能從字典查字音。從這個角度看，如果說漢語拼音是永久的、可靠的老師，也不為過。

5. **教師可以適當地組織課本以外的活動**　語言的學習，只有在實踐中才能掌握和鞏固。在課堂上也要靠語言實踐活動來推動教學。因此，除了上述的“練習”“話題”外，從語言交際的實際出發，設計一些課本以外的活動進行教學，有時能收事半功倍之效，例如朗誦、歌唱、遊戲、短劇等等，就有助於活躍課堂的氣氛。但是這些活動應該針對學員的特點去組織，而且應該適可而止，絕對不宜過度。

6. **學生要好好利用電子資源和字典**　三冊教材都附有標準普通話讀音的電子聲檔。如果學生能每天抽三五分鐘聽一聽，練一練，收效一定很大。標準字典對掌握普通話的字音非常重要，我們建議教師抽一定時間向學生講解字典的重要性和使用方法。學生最好人手一本。

7. **關於中級教材** 語音部分主要是複習鞏固漢語拼音方案，加強了正音訓練和辨音練習。課文的篇幅比初級教材長，表達的內容也更豐富。每課後面，還附有有關的常用詞語以及配合語音訓練的練習。學生學完後應該能夠表達較複雜的意思。

本教材由香港中國語文學會教材編寫組編寫，具體分工為：統籌：姚德懷；主編：繆錦安；課文部分的編寫和改編：肖正芳；語音和練習的編寫：楊長進、張勵妍。

本教材既適用於普通話班，也適用於小組學習及自修，歡迎學校、公司、政府及民間推普機構採用。

敬請批評、指正！

香港中國語文學會教材編寫組

1988 年 3 月

1988 年第一次印刷所印的"編者的話"，至今對教程使用者仍有指導意義，所以修訂版照錄沿用(第一次印後略有修改)。

2012 年 9 月

語音部分

一、音節

音節是語流中最自然的語音單位。普通話的音節一般由聲母、韻母和聲調構成，有的韻母內部還可以分為韻頭、韻腹、韻尾。

		聲調		
音節＝	聲母	韻母		
		頭	腹	尾

	聲母	韻頭	韻腹	韻尾	聲調
jiāng（姜）	j	i	a	ng	–

二、聲母　A1-1

b　p　m　f

d　t　n　l

g　k　h

j　q　x

zh　ch　sh　r

z　c　s　(y　w)

三、韻母 🎧A1-2

a o e i u ü ê er

ai ei ao ou

ie üe iou(iu) uei(ui)

an en in uen(un) ün

ang eng ing ong

ia iao ua uo uai

ian uan üan iang uang ueng iong

四、聲調

　　普通話四個聲調的調值，跟廣州話某些聲調的調值相比，有相似的，有部分相似的，有完全不同的，情形如下：

普通話		廣州話	
第一聲	攤	攤（相似）	
第二聲	壇	坦（相似）	
第三聲	坦	壇（部分相似）	

　　普通話第四聲的調值與廣州話任何聲調的調值都不同。

　　第三聲一般讀半三聲，即只讀降調部分，換句話說只有低音。但是，在講話時，如果重音落在三聲字上，則要讀全三聲。

　　如：“老師早！” “寫得好！”

　　（“老” “寫” 讀半三聲，而“早” “好”要讀全三聲。）

練　習

一、請把下面的拼音句子寫成漢字。

1. Bùshǎo wàiguórén néng shuō yì kǒu liúlì de Pǔtōnghuà.

2. Wǒ shì Zhōngguórén, yīnggāi huì jiǎng Pǔtōnghuà.

二、根據拼音的提示，朗讀下面的一首唐詩。

登鸛雀樓	Dēng Guànquè Lóu
王之渙	Wáng Zhīhuàn
白日依山盡，	Báirì yī shān jìn,
黃河入海流。	Huáng Hé rù hǎi liú.
欲窮千里目，	Yù qióng qiānlǐ mù,
更上一層樓。	Gèng shàng yì céng lóu.

拼寫規則

一、整體認讀音節

zhi	chi	shi	ri	zi	ci	si
知	吃	詩	日	資	雌	思

yi	wu	yu	ye	yue	yuan	yin	yun	ying
衣	烏	迂	耶	約	冤	因	暈	英

　　上面這十六個音節的發音，都照附錄的漢字讀第一聲，不必拼音。

二、省略法

　　在 j、q、x 的後面，ü 上兩點省略。

	ü	üan	üe	ün
j	ju	juan	jue	jun
q	qu	quan	que	qun
x	xu	xuan	xue	xun

三、調號的標法

聲調符號標在音節中主要元音的上面，可用口訣來幫助記憶：

有 *a* 不放過，無 *a* 找 o、e，

i、u 並列標在後，i 上標調把點抹。

舉例：

jiā guò hēi diū duì mǔ jīng

四、大寫法

1. 人名：姓氏和名字分開，姓和名的第一個字母大寫。例如：

Dù Fǔ   杜甫

Sīmǎ Guāng   司馬光

Sūn Zhōngshān   孫中山

2. 地名：漢語地名中專名和通名分寫。村級以下的地名名稱不區分專名和通名，各音節連寫。地名的頭一個字母大寫。地名分寫為幾段的，每段的頭一個字母都大寫。例如：

Guǎngdōng Shěng   廣東省

Běijīng Shì   北京市

Zhōukǒudiàn   周口店

3. 句子開頭的字母和詩歌每行開頭的字母大寫。

4. 專有名詞的第一個字母大寫。

五、隔音法

目的在於分清音節界限。

a、o、e 開頭的音節連接在其他音節後面的時候，如果音節的界限發生混淆，用隔音符號（'）隔開。例如：

piāo	飄	pí'ǎo	皮襖
liàn	練	lì'àn	立案
xiān	先	Xī'ān	西安
jiāng	江	jī'áng	激昂
míngē	民歌	míng'é	名額

六、連寫法

在拼寫句子的時候，要按詞連寫。只要是一個詞，不管它有幾個音節，都連起來寫。例如：

xuéxiào　　學校

Jīdūjiào　　基督教

練　習

一、請把下列各題用漢語拼音寫出來。

1. 你自己的姓名

2. 你現在學習普通話的機構名稱

3. 拼寫句子

旅 居 紐 約 的 徐 雪 娟 女 士，於 聖 誕 節 前 夕 平 安 到 達 香 港。

二、讀出下面的拼音句子。

1. Zhīshi shì guāng , wúzhī shì hēi'àn.

2. Niǎo měi zài yǔmáo , rén měi zài xuéwen.

j q x　zh ch sh r　z c s

一、舌尖後音與舌尖前音　A3-1

| zh | 主治 | zhǔzhì | 大鐘 | dà zhōng |
| z | 組織 | zǔzhī | 大宗 | dàzōng |

| ch | 木柴 | mùchái | 初步 | chūbù |
| c | 木材 | mùcái | 粗布 | cūbù |

| sh | 樹立 | shùlì | 師長 | shīzhǎng |
| s | 肅立 | sùlì | 司長 | sīzhǎng |

二、舌尖前音與舌面音　A3-2

z-j	自己	zìjǐ
c-q	瓷器	cíqì
s-x	四喜	sìxǐ

z	投資	tóuzī	弄髒	nòng zāng
j	投機	tóujī	弄僵	nòng jiāng

c	保存	bǎocún	心慈	xīn cí
q	保全	bǎoquán	心齊	xīn qí

s	絲瓜	sīguā	花色	huāsè
x	西瓜	xīguā	花謝	huā xiè

三、舌尖後音與舌面音 🎧 A3-3

zh	三折	sān zhé	戰國	Zhànguó
j	三節	sān jié	建國	jiàn guó

ch	赤旗	chìqí	車開了	chē kāile
q	棄旗	qì qí	切開了	qiēkāile

sh	失望	shīwàng	大蛇	dà shé
x	希望	xīwàng	大鞋	dà xié

練　習

讀下面的一首詩和一段繞口令，注意讀準聲母。

1. 松 下 問 童 子，言 師 採 藥 去。
只 在 此 山 中，雲 深 不 知 處。

2. 操 場 前 面 有 三 十 三 棵 桑 樹，
宿 舍 後 面 有 四 十 四 棵 棗 樹。
張 三 把 三 十 三 棵 桑 樹 認 作 棗 樹，
趙 四 把 四 十 四 棵 棗 樹 認 作 桑 樹。

鼻韻母的分辨

一、前後鼻韻母　　A4-1

前後鼻韻母的分辨問題，廣東人學普通話較難分辨的是
en 與 eng，in 與 ing。尤其是含有後鼻韻母 eng、ing 的音節往
往讀不好。

1.

en	奔騰	噴泉	門戶	紛紜	根本
	痕迹	珍珠	陳詞	神仙	仁慈
eng	崩潰	烹調	蒙古	風雲	更改
	恆心	徵求	城市	繩索	仍然

2.

in	賓客	貧富	民眾	鄰居	今天
	親屬	心願	因為		
ing	冰雪	平路	明亮	凌空	驚天
	輕視	星辰	英國		

二、廣州話 -m、-n、-ng 音節與普通話 -n、-ng 音節

廣州話中 -m 尾韻母的音節，變為普通話，絕大多數讀 -n 尾韻母的字音。

an	耽誤	貪污	水潭	南方	男女
	感覺	含蓄	遺憾	黑暗	擔當
	膽量	談話	藍色	展覽	氾濫
	慚愧	三天	暫時	勇敢	車站
	襯衫	減少	限制	監督	巖石
	軍艦	嚴格	鑒定		
en	沉默	森林	瀋陽	深遠	任務
in	臨時	心情	今天	金銀	禁止
	錦繡	琴聲	音樂		

廣州話含有 -n、-m 的音節，轉為普通話一般來說都含有 -n；廣州話含有 -ng 的音節，轉為普通話一般來說都含有 -ng。

-n	芬芳	根本
-ng	北京	工業

練 習

一、讀下列詞語並寫出各字的韻母。

1. 坦蕩　　染缸
　　繁忙　　防範
　　抗戰　　長談

2. 奔騰　　本能
　　真正　　生根
　　憎恨　　成本

3. 聘請　　品行
　　心靈　　精品
　　聽信　　精心

二、給下列兩句話標注漢語拼音。

1. 恆生商行員工們辛勤工作，僅僅一年時間風箏的產量增長了三倍。

2. 成登工廠的廠長親自到建安公司商談建廠房和辦展覽的事。

第五課　發音辨別（三）

> ### n 與 l

　　聲母 n、l 的發音部位相同，都是舌尖齒齦音，但是發音方法不同，n 是舌尖齒齦形成閉塞，氣流由鼻腔呼出，l 是舌尖抵住齒齦但不完全閉塞，氣流從舌前部的兩邊呼出。n 是鼻音，l 是邊音，如果不注意，n 與 l 就分不清。

一、讀準下例詞語　◀A5-1▶

1.　n—l

奶酪	nǎilào	能量	néngliàng
年齡	niánlíng	鳥類	niǎolèi
暖流	nuǎnliú	努力	nǔlì

2.　l—n

爛泥	lànní	老年	lǎonián
冷暖	lěngnuǎn	嶺南	lǐngnán
歷年	lìnián	留念	liúniàn

二、對比辨音 　🎧 A5-2

留念	liúniàn	留戀	liúliàn
年年	niánnián	連年	liánnián
女客	nǚkè	旅客	lǚkè
隆重	lóngzhòng	濃重	nóngzhòng

三、讀下面一段繞口令，注意發準 n 與 l。　🎧 A5-3

　　男旅客穿着藍上裝，女旅客穿着呢大衣，男旅客扶着拎籃子的老大娘，女旅客攙着拿籠子的小男孩兒。

練 習

一、讀下列各字，並寫出各字的聲母。

你　李　　努　魯　　年　連　　您　林　　內　累

農　籠　　泥　離　　奴　爐　　腦　老　　了　鳥

流　牛　　落　懦　　略　虐　　蘭　難　　棱　能

二、讀下面一段繞口令，注意辨別 n 與 l。

　　南邊走來了兩隊籃球運動員，男運動員穿了藍球衣，女運動員穿了綠球衣。不怕累，不怕難，男女運動員努力練投籃。

以前講過，輕聲就是讀得較輕較短的音節。

輕聲是連讀時產生的一種音變現象，它不是獨立的一種調類。

普通話的四個聲調陰、陽、上、去，它們的性質決定於音高，而輕聲的性質卻決定於音強。

輕聲音節多數是口語中的常用詞。下面幾種情況要讀輕聲：

1. 語氣詞 "吧、嗎、呢、啊" 等。例如：

　　　　來吧！　去嗎？　他呢？　好啊！

2. 助詞 "的、地、得、着、了、過" 等。例如：

　　　　我的　坦率地說　快樂得很　跑着　看了　寫過

3. 名詞的後綴 "子、兒、頭" 和表示多數的 "們"。例如：

　　　　椅子　外頭　同學們

4. 名詞或代詞後邊一部分表示方位的語素或詞。例如：

　　　　房裏　天上　那邊

5. 在動詞、形容詞後面表示趨向的 "來、去、起來、下去" 等。
   例如：

   過來　進去　坐起來　幹下去

6. 量詞 "個"。例如：

   那個　八個

7. 單音動詞疊用和疊字名詞中的後一個音節。例如：

   走走　說說　想想　媽媽　爺爺

8. 夾在某些詞和語素中間的 "一" 和 "不"。例如：

   看一看　試一試　去不去　坐不下　看不起

9. 一些雙音詞，第二個音節習慣上讀輕聲。例如：

   丈夫　蘿蔔　耳朵　大夫　分量　窗戶
   掃帚　力氣　暖和　巴掌　東西　鑰匙
   眼睛　柴火　亮堂　喇叭

   有些輕聲音節具有辨別詞義或區別詞性的作用。例如：

| 自然 | ziran （形容詞） | 自然 | zìrán （名詞） |
| 兄弟 | xiōngdi （弟弟） | 兄弟 | xiōngdì （哥哥和弟弟） |

   輕聲的讀音因前一個音節的聲調不同而有所差別。上聲後面的音最高，陰平、陽平後面次之，去聲後面最低。

練 習

讀下面這段話，注意哪些音節要讀輕聲。

　　我叔叔的公司在中環，有一百多個職員，辦公室很大，很亮堂，辦公用的桌子、椅子都是新的。等你有工夫，我帶你上去看看。

第七課　兒化音節的運用

　　er 在其他韻母後面，與那個韻母結合，使其末尾帶上捲舌動作，這樣原來韻母的韻尾成為捲舌音韻尾。這樣的語音變化叫兒化。兒化的韻母叫兒化韻，兒化的音節叫做兒化音節。

一、普通話 "兒化" 有其特定的作用　A7-1

1. 在某些詞裏有確定詞義的作用。例如：

　　　信（書信）—— 信兒（消息）

　　　頭（腦袋）—— 頭兒（首領）

2. 在某些詞裏有確定詞性的作用。例如：

　　　畫（動詞）—— 畫兒（名詞）

　　　堆（動詞）—— 堆兒（量詞）

3. 兒化還可以表示細小、親切或喜愛的感情色彩。例如：

　　　小狗兒　小臉兒　小孩兒　大嬸兒

也有例外：

　　　三點水兒　小偷兒

4. 還有表示時間短暫的。例如：

　　　一會兒　一陣兒

有的兒化音節可以使詞語簡化，如：這裏──→這兒，價錢──→價兒，天氣──→天兒，今天──→今兒，味道──→味兒等。

二、為表達一個特定的意思，有些詞必須兒化 〔A7-2〕

兒化	意思	原字／詞	意思
（鞋）幫兒	物體兩旁或周圍部分	幫	幫助
棒兒	小棍子	棒	體力或能力強、成績好
包兒	包好了的東西	包	把東西裹起來的動作
寶貝兒	對小孩子的愛稱	寶貝	珍奇寶貴的東西
鼻兒	器物上面能夠穿上其他東西的小孔	鼻	鼻子
刺兒	尖銳像針的東西	刺	動詞：刺入或刺穿
點兒	水滴；表示少量	點	頭或手向下稍微動一動立刻復原；引着火
調兒	音調	調	調動
釘兒	名詞：小釘子	釘	動詞：緊跟不放，催問
蓋兒	名詞：小蓋子	蓋	動詞：遮蓋
畫兒	名詞：畫成的藝術品	畫	動詞：用筆做出圖形
活兒	名詞：體力勞動的事情	活	動詞：生存
空兒	尚未佔用的地方和時間	空	騰出來，使空

兒化	意思	原字/詞	意思
扣兒	名詞：扣子	扣	動詞：器物朝下蓋上，罩上
亮兒	名詞：燈光，亮光	亮	形容詞：光線強，明亮
沒門兒	沒有出路或辦法	沒門	沒有出入的門
麵兒	粉末	麵	麵粉
譜兒	大致的標準；把握	譜	就歌詞配曲
破爛兒	又破又爛的東西	破爛	陳舊損壞了的
笑話兒	能引人發笑的談話或故事	笑話	耻笑、譏笑
轉臉兒	指極短的時間	轉臉	掉過臉

練 習

朗讀下列童謠，注意發好兒化韻。

小王兒和小陳兒，倆人兒住對門兒。

一塊兒搬個櫈兒，順手兒端個盆兒。

盆兒裏有個盤兒，盤兒裏有個碗兒。

碗兒裏有個碟兒，碟兒裏有個小羹匙兒。

勺兒裏有點兒桔子汁兒，喝的時候兒加點兒水。

你一半兒，我一半兒，小孩兒喝得挺有味兒。

掌握齊齒呼韻母（i-）*

一、字音分辨

學習普通話語音，要過兩個關：一是發音，二是正音。

發音，是看見用拼音字母寫的字、詞能準確地唸出，例如懂得 zhǎn 或 pǔtōnghuà 該怎麼唸。

正音，是知道某些字、詞應唸什麼音，而不再唸自己的方音，如看見 "展" 要會讀 zhǎn 音，而不誤讀成 jiǎn（剪）或其他音。

二、ang 韻和 iang 韻字音對比　A8-1

ang		iang	
張大	zhāngdà	將來	jiānglái

---

* 根據韻母開頭元音的發音口形，全部韻母可以按傳統的 "四呼" 來分類：（1）開口呼：a、o、e 和用 a、o、e 開頭的（ê、er、-i 在內，ong 除外）；（2）齊齒呼：i 和用 i 開頭的（iong 除外）；（3）合口呼：u 和用 u 開頭的及 ong；（4）撮口呼：ü 和用 ü 開頭的及 iong。這四類簡稱 "開、齊、合、撮"。

鼓掌	gǔzhǎng	獎杯	jiǎngbēi
丈夫	zhàngfu	木匠	mùjiang
昌盛	chāngshèng	槍炮	qiāngpào
長篇	chángpiān	牆上	qiáng shang
商業	shāngyè	皮箱	píxiāng
觀賞	guānshǎng	想念	xiǎngniàn
上班	shàngbān	相貌	xiàngmào

三、掌握特點，區分字音

上面列舉的 ang 韻母字一定讀翹舌音聲母，iang 韻母字一定讀舌面音聲母：

$$\left.\begin{matrix} zh \\ ch \\ sh \\ r \end{matrix}\right\} + ang \qquad \left.\begin{matrix} j \\ q \\ x \end{matrix}\right\} + iang$$

練習 ang 韻母字，同時要注意翹舌音聲母的發音；練習 iang 韻母字，同時要注意舌面音聲母的發音，並要特別強調 i 介音。請按下面的步驟，練習發音：

- 張： zhā，zhāng
- 將： jī，jiāng

- 昌： chā，chāng
- 槍： qī，qiāng

- 商： shā，shāng
- 箱： xī，xiāng

四、齊齒呼韻母（i-）字其他例子

ia	恰 qi-à	恰當	這些字眼用得不恰當。（對比"差 chà"）
iao	腳 ji-ǎo	腳步	我聽見有腳步聲。（對比"找 zhǎo"）
iang	獎 ji-ǎng	獎杯	第一名的獎杯是金的。（對比"掌 zhǎng"）
ie	謝 xi-è(ê)	謝謝	謝謝你們的支持。（對比"射 shè"）

練 習

一、請讀下列各句，注意加點字的讀音。

　　1. 香港出版的小說有哪些？你給我介紹一下可以嗎？

　　2. 我昨天下午上街去了。

　　3. 我休假的時候經常到圖書館去借書。

　　4. 桂林山水甲天下。

二、請再讀一次下列詞語。

xiāng	xiǎo	xiē	jièshào	xià
香 港	小 說	哪 些	介 紹	下 午

shàng jiē	jià	cháng	jiè	jiǎ xià
上 街	休 假	經 常	借 書	甲天下

糾正聲調誤讀

一、容易誤讀的去聲字 A9-1

廣東人對掌握去聲字感到困難，除了因為它是個降調，在發音上不習慣之外，還因為有小部分去聲字是廣州話的上聲字（廣州話上聲字多數在普通話也讀上聲），廣東人容易把它們也讀上聲。

對比下面各組，留意讀準去聲字：

去聲（ˋ）		上聲（ˇ）	
市鎮	shìzhèn	歷史	lìshǐ
夫婦	fūfù	政府	zhèngfǔ
這裏	zhèli	作者	zuòzhě
乾旱	gānhàn	罕見	hǎnjiàn
誘騙	yòupiàn	有利	yǒulì

二、同音字組詞 🎧 A9-2

利用同音字，認記容易誤讀的去聲字：

shì	市鎮	事業	示範	世界
fù	夫婦	祖父	財富	赴宴
zhè	這裏	蔗糖	浙江	
hàn	乾旱	流汗	浩瀚	漢族
yòu	誘騙	幼稚	左右	又快又好

三、容易讀錯聲調的其他常用字 🎧 A9-3

陰平（一）	sōng 松	松樹 —— 從來	sōu 搜	搜查 —— 抖擻
陽平（ˊ）	bí 鼻	鼻子 —— 避開	yú 於	由於 —— 淤泥
上聲（ˇ）	huǎng 謊	撒謊 —— 荒涼	jǐ 擠	很擠 —— 饑餓
	chǎng 場	操場 —— 長短	dǎo 導	導遊 —— 道路
	sǎn 傘	雨傘 —— 散步	huǐ 悔	後悔 —— 隱晦
去聲（ˋ）	wàng 忘	忘了 —— 死亡	jǐ 紀	紀律 —— 自己
	jìng 境	環境 —— 風景	shàng 上	上課 —— 賞賜

附：普通話廣州話聲調對應情況

普通話調	例字	廣州話調
陰平 ‑	風鄉花觀光高松估搜鋼	陰平
陽平 ／	平人河民行和魔娃於鼻	陽平
上聲 ∨	我好有很你手擗喊傘導	上
去聲 ＼	再看利在便見忘盾紀映婦奮厚	去

　　普通話廣州話聲調的對應，都有基本的規律可循，但每個調都有少數不合規律的字，上表中帶點的字，就與對應的廣州話調不符，這些字容易因類推而唸錯。

練　習

一、請讀下列各句，注意加點字的讀音。

1. 我忘了把雨傘帶回來。

2. 這部舞蹈片子聽說很好。

　是今天剛上映的那一部吧，我看過，是不錯。

3. 幾家大公司幾乎壟斷了整個日用品市場，我們都給擠得無法立足。

二、請再讀一次下列詞語。

wàng	sǎn	zhèi	dǎo	shàngyìng
忘 了	雨傘	這 部	舞蹈	上　映

nà	hū	shìchǎng	jǐ	fǎ	zú
那一部	幾乎	市　場	擠	無法	立足

送氣和不送氣　擦音和塞擦音

一、送氣音字和不送氣音字對比　A10-1

1.

送氣		不送氣	
騙人	piàn rén	遍地	biàndì
泰山	Tài Shān	貸款	dàikuǎn
吃虧	chīkuī	規定	guīdìng
翅膀	chìbǎng	旗幟	qízhì

2.

不送氣		送氣	
波浪	bōlàng	山坡	shānpō
答應	dāying	踏步	tàbù
單槓	dāngàng	扛着	kángzhe
祝賀	zhùhè	觸動	chùdòng

　　第 1 組不送氣音字和第 2 組送氣音字，廣東人因為受方音影響，容易唸錯。

二、容易發生錯誤的其他例子 🎧A10-2

　　普通話廣州話送氣音字和不送氣音字的對應，大體來說都是很有規律的，但也有少數字不合常例——送氣與不送氣的情況剛好"顛倒"，因此容易因類推而唸錯。請注意下列詞語中帶點的字：

b	bào 抱負	bǐ 卑鄙	biān 編寫	biàn 遍地	bèi 三倍
p	pàng 胖子	pǐn 用品	pí 啤酒	pō 山坡	pù 瀑布
d	dài 信貸	dǎo 祈禱	dù 肚子	dùn 矛盾	
t	tà 踏步	tè 特別	tū 突然		
g	gài 大概	guī 規定	gōu 水溝	gòu 購買	
k	kā 咖啡				
j	jí 邏輯				
q	què 麻雀				
zh	zhěn 診斷	zhì 旗幟	zhù 柱石	zhuó 卓越	
ch	chù 接觸				
z	zào 暴躁				

三、擦音字和塞擦音字 *　A10-3

部分擦音字和塞擦音字,廣東人因為受方音的影響,也容易互相混淆,即把擦音的字讀成塞擦音,把塞擦音的字讀成擦音。請注意下面的例子:

1. 擦音

x	xiù 袖(秀) 領袖	xiàng 像(相) 人像
	xù 續(緒) 繼續	xī 夕(西) 除夕
	xún 尋(詢) 尋找	
sh	shǐ 始(史) 開始	shè 設(社) 建設
s	sōng 松(嵩) 松樹	sòng 誦(送) 朗誦
	sì 似(四) 相似	

---

* 擦音和塞擦音是聲母發音的其中兩種發音方法。擦音:發音時氣流從發音部位的兩點之間形成的窄縫中擠過,發生摩擦的聲音,也叫摩擦音。f、h、x、sh、s 就是擦音。塞擦音:發音時,發音部位的兩點首先閉緊,然後放鬆讓氣流透出,變成"擦音"的摩擦。j、q、zh、ch、z、c 就是塞擦音。

2. 塞擦音

zh	zhào 兆（照） 預兆	
q	qiè 竊（妾） 偷竊	
ch	chóu 愁（酬） 憂愁	chuí 垂（槌） 下垂
	chén 晨（陳） 早晨	chuán 船（傳） 輪船
c	cuì 粹（翠） 純粹	

練　習

一、請讀下列各句，注意加點字的讀音。

1. 我的肚子餓了。

2. 這個大胖子起碼比我重一倍。

3. 比賽馬上就要開始了，我們再練一遍吧。

4. 這是剛到的新產品，是純羊毛的。

二、請再讀一次下列詞語。

dù	pàng	bèi	sài
肚子	大胖子	一倍	比賽
shǐ	biàn	pǐn	chún
開始	一遍	產品	純羊毛

第十一課　字音辨別（四）

掌握 r 聲母字

一、r 聲母和 y 聲母字音對比　A11-1

燃料	ránliào	顏料	yánliào
惹事	rěshì	也是	yě shì
肉來了	ròu lái le	又來了	yòu lái le
饒恕	ráoshù	搖樹	yáo shù
人員	rényuán	銀元	yínyuán
大儒	dàrú	大魚	dà yú
軟禁	ruǎnjìn	遠近	yuǎnjìn
濕潤	shīrùn	詩韻	shīyùn

二、掌握特點，區別字音

　　普通話 r 聲母音節，廣東人往往讀不好。一是因為它是翹舌音，廣州話中沒有翹舌音；二是因為 r 聲母音節的常用字比較少，講話時 r 聲母音節出現頻率比較低。常見的誤讀是將 r 讀成 y。

三、r聲母音節常用字　🎧A11-2

ran	然後	燃燒			
rang	嚷嚷	讓位			
rao	富饒	擾亂	繞彎		
re	惹事	熱情			
ren	人事	仁慈	忍耐	任務	認識
	烹飪	刀刃	堅韌	縫紉	
reng	扔球	仍然			
ri	日子				
rong	容貌	溶解	熔化	榕樹	
	光榮	鹿茸	駝絨	融洽	
rou	柔和	揉揉	蹂躪	豬肉	
ru	蠕動	婦孺	如果	污辱	
	乳鴿	出入	褥子		
ruan	（姓）阮	軟硬			
rui	花蕊	銳利	瑞士		
run	閏月	利潤			
ruo	若干	強弱			

練　習

一、請讀下列各句，並注意加點字的讀音。

1. 要是他再擾亂下去，熱心的人夜晚不會再來了。

2. 任務沒完成，印度人仍然應該留在那裏。

3. 他揉揉眼睛，問我是買豬肉還是買豬油。

4. 這條小蟲子在雨中蠕動。

5. 遠近一百里的人都知道阮先生被軟禁了。

二、請再讀一次下列詞語。

yào	yè	yìn	yīng
要	夜晚	印度	應 該

yóu	yǔ	yuǎn
豬 油	雨中	遠近

rǎo	rè　rén	rèn	réngrán	róurou
擾亂	熱心的人	任務	仍然	揉揉

ròu	rú	ruǎn	ruǎn
豬肉	蠕動	阮先生	軟禁

多音多義字

有的字有幾種讀音，不同的讀音往往代表不同的意義或不同的用法。例如：

便 $\Big\langle$ biàn　方便
　　　pián　便宜

"便" 的兩種讀音代表了不同的意義。

薄 $\Big\langle$ báo　薄餅
　　　bó　單薄

"薄" 的兩種讀音，意義上雖然差不多，但是用法不盡相同。

遇到多音多義字要遵照 "音隨義轉" 的原則，按義定音，否則就會唸錯。

下面各句中加注音的字都是多音多義字： 🎧A12-1

　　　bǎng　　　　páng
1. 他 膀 子有毛病， 膀 胱沒問題。

　　　bì　　　　mì　mì
2. 那個秘魯人有治便秘的秘方。

　　　biàn　　　pián
3. 這東西使用方 便 ，價錢又 便 宜。

　cān　　　shēn　　　cēn
4. 參觀後他覺得人 參 的種植水平參差不齊。

5. 這 差 事我幹不了，你說他們水平差不多，我看差別
   <small>chāi</small>   <small>chà</small>   <small>chā</small>

   很大，水平高低參差不齊。
   <small>cī</small>

6. 倒 車的時候，他摔 倒 了。
   <small>dào</small>   <small>dǎo</small>

7. 北京和上海 都 是大 都 市。
   <small>dōu</small>   <small>dū</small>

8. 你 還 不快去 還 書？
   <small>hái</small>   <small>huán</small>

9. 他為人倔 強 ，態度 強 硬，這事就別勉 強 了。
   <small>jiàng</small>   <small>qiáng</small>   <small>qiǎng</small>

10. 他 落 枕了，跑不快， 落 得很遠， 落 後了。
    <small>lào</small>   <small>là</small>   <small>luò</small>

11. 天氣 悶 熱，心情煩 悶 。
    <small>mēn</small>   <small>mèn</small>

12. " 長 者之家" 長 年提供服務。
    <small>zhǎng</small>   <small>cháng</small>

13. 邊 塞 消息閉 塞 ，活 塞 降價了都不知道。
    <small>sài</small>   <small>sè</small>   <small>sāi</small>

14. 廈 門的高樓大 廈 很多。
    <small>xià</small>   <small>shà</small>

15. 他眼珠一 轉 ， 轉 身就走。
    <small>zhuàn</small>   <small>zhuǎn</small>

練 習

為下列詞語中的多音多義字注上拼音。

1. 快樂　　音樂　　2. 感覺　　睡覺

3. 時間　　間接　　4. 子彈　　彈琴

5. 沒有　　埋沒　　6. 開會　　會計

7. 銀行　　遊行　　8. 假設　　放假

課文部分

第一课

Běijīng Kǎoyā
北京 烤鸭

B1-1

Hé
何 ：

Zhōng xiānsheng , nín zhè cì dào Běijīng , yě yīnggāicháng yí
鍾 先 生 ，您 這次 到 北京，也 應該 嚐[1] 一

xià Běijīng de míngcài ya !
下 北京 的 名菜 呀！

Zhōng
鍾 ：

Duì , qǐng nín jièshào yíxià yǒu tèsè de Jīngcài ba .
對，請 您 介紹 一下 有 特色 的 京菜 吧。

Hé
何 ：

Běijīng kǎoyā shì bù néng bù cháng de . Běijīng kǎoyā shì
北京 烤[2]鴨 是 不 能 不 嚐 的。北京 烤鴨 是

yòng zhuānmén sì yǎng de tián yā mànhuǒ kǎochéng de , chī
用 專 門 飼養 的 填鴨 慢火 烤 成 的，吃

qǐ lai pí cuì ròu nèn , féi ér bú nì .
起來 皮脆 肉 嫩，肥 而 不 膩。

Zhōng
鍾 ：

Chī kǎoyā de shíhou , hái yǒu qí tā de cài ma ?
吃 烤鴨 的 時候，還 有 其他 的 菜 嗎？

Hé
何 ：

Dāngrán yǒu , nǐ kěyǐ diǎn yì xiē bié de cài ma ! Dànshi yě
當然 有，你 可以 點 一些 別的 菜 嘛！但是 也

kě yǐ chī "quán-yā-xí" , nà jiù shì suǒyǒu de cài dōu yóu
可以 吃" 全 鴨席"，那 就 是 所有 的 菜 都 由

yā shēnshang gège bùfen zuòchéng de .
鴨 身 上 各個 部分 做成 的。

Zhōng
鍾 ：

Nà tài hǎo le ! Wǒmen jīntiān wǎnshang jiù qù . Qǐng nín
那太 好 了！我們 今天 晚上 就 去。請 您

---

1. 表示"品嚐食物"時用"嚐"。廣州話說"試下味道"應該說"嚐嚐
味道"。

2. "烤"，聲調容易讀錯，廣州話第一聲，而普通話讀第三聲，跟"考"
同音。

xiān dìng zuòr   , hǎo ma ?
先 訂 座兒[1]，好 嗎？

Hé :   Hǎo ! Wǒ mǎshàng dǎ diànhuà dào Quánjùdé qù dìng
何 :   好！我 馬上 打 電話 到 全聚德 去 訂

zuòr . Běijīng Quánjùdé Kǎoyādiàn shì zuì yǒumíng de .
座兒。北京 全聚德 烤鴨店 是 最 有 名 的。

✳   ✳   ✳

Zhōng :   Jīntiān néng chīdào quán-yā-xí , quán shì nín de gōngláo .
鍾 :   今天 能 吃到 全 鴨席，全 是 您 的 功 勞。

Hé :   Nǎli nǎli . Lái , wǒ men xiān chī zhè dào dà pīn
何 :   哪裏 哪裏[2]。來，我 們 先 吃 這 道 大拼

pán(r) . Shàngmian yǒu yā gānr 、yā cháng 、yā xīn 、yā
盤（兒）。 上 面 有 鴨肝兒、鴨 腸 、鴨心、鴨

zhǎng , hái yǒu hǎizhé hé qīngcài .
掌 ，還 有 海蜇 和 青菜。

Zhōng :   Hǎo jí le ! Wǒmen kě yǐ yí miàn hē jiǔ , yí miàn chī cài …
鍾 :   好極了！我 們 可以 一面 喝 酒，一面 吃 菜……

Kǎoyā lái le . Zěnmege chīfǎr ne ?
烤鴨 來了。怎麼個 吃法兒 呢？

Hé :   Zhèli yǒu báobǐng , tiánmiànjiàng , hái yǒu dàcōng . Báobǐng
何 :   這裏 有 薄餅，甜 麵 醬，還 有 大蔥。薄 餅

shang fàng jǐ kuài yā ròu , bǎi jǐ gēn zhànshang tiánmiàn
上 放 幾 塊 鴨肉，擺 幾 根 蘸 上 甜 麵

jiàng de cōng , yòng shǒu yì juǎn , jiù kě yǐ chī le .
醬 的 蔥，用 手 一 捲，就 可以 吃 了。

Zhōng :   Zhè cái zhēnshì běifāng fēngwèir ne , yǒu yìsi .
鍾 :   這 才 真 是 北方 風味兒 呢，有 意思。

Hé :   Zuìhòu hái yǒu yòng yā jià zhǔchéng de tāng ,qǐng cháng yi chang .
何 :   最後 還 有 用 鴨架 煮 成 的 湯，請 嚐 一 嚐

---

1. 廣州話的"訂位"要説成"訂位子"或"訂座兒"。（"訂座兒"要注意兒化。）

2. 回應別人的讚許，用"哪裏哪裏"或"哪兒的話"。

Zhōng： Zhè yā tāng sè 、 xiāng 、 wèir dōu hǎo ，hē guo hòu zhēnshì
鍾 ： 這 鴨 湯 色、 香 、味兒 都 好，喝 過 後 真是

huíwèi-wúqióng a ！
回 味 無 窮 啊！

有關詞語　B1-2

Běijīngcài	Yuècài	Shànghǎicài	Zhènjiāng-Yángzhōucài
北京菜	粵菜	上 海菜	鎮江 揚州 菜

Cháozhōucài	Sìchuāngcài	Fú zhōucài	zhēngjiǎo
潮 州 菜	四川菜	福州 菜	蒸 餃

shuànyángròu	suānlàtāng	chāshāo	ròusī chǎo lāmiàn
涮 羊 肉	酸辣湯	叉燒	肉絲 炒 拉麵

rǔ gē	zhá zǐ jī	jī sī	yú chì	chǎoxiārénr	dàzháxiè
乳鴿	炸子雞	雞絲	魚翅	炒 蝦仁	大閘蟹

tángcù-huáng yú	huíguōròu	zhàcài	fótiàoqiáng
糖醋 黃 魚	回鍋肉	榨菜	佛跳牆

Cháozhōuzhōu	lǔ' é	píjiǔ	qìshuǐ(r)	júzizhī(r)
潮 州 粥	鹵鵝	啤酒	汽水（兒）	橘子汁（兒）

練　習

一、課堂談話內容

1. 互相詢問姓名、職業以及在哪個初級班畢業的。

2. 你最喜歡吃什麼菜？它有什麼特色？會做嗎？

3. 香港有很多中國地方餐館（如京菜館、川菜館、滬菜館、客家菜館、潮州菜館等），你到過哪一家？請介紹它的特色。

4. 香港有不少外國風味的餐館，如果你曾去嚐過，請介紹一下。

5. 指定幾種大眾菜式，大家輪流講它的烹調過程。

二、命題說話

以 "談談香港的美食" 為題作 2 分鐘簡短發言。

三、正音練習

［讀準 e 韻母的字］

1.	dé 德	Quánjùdé　dàodé　gōngdé　déyù 全聚德　道德　公德　德育 dégāo-wàngzhòng　décái-jiānbèi 德高望重　德才兼備
2.	zhē 蜇	bèi mǎfēng zhē le 被馬蜂蜇了
	zhé 蜇	hǎizhé 海蜇
	zhé 折	zhéduàn　zhéshè　zhuǎnzhé　qī zhé bā kòu 折斷　折射　轉折　七折八扣
	zhé 哲	zhéxué　zhélǐ　míngzhé-bǎoshēn 哲學　哲理　明哲保身
3.	sè 色	sècǎi　sè、xiāng、wèir　yánsè　jǐngsè 色彩　色、香、味兒　顏色　景色 tiānsè　yǒushēng-yǒusè 天色　有聲有色

四、詞語運用

選出適當的量詞，填在括號裏。

[棵　朵　個　根　份　粒]

1. 一（　　）冰棍兒　　2. 一（　　）午餐

3. 一（　　）雞蛋　　4. 一（　　）雲

5. 一（　　）白菜　　6. 一（　　）米

甲　Jiǎ : Xuéle hǎojǐ ge yuè Pǔtōnghuà le, nǐ yǒu shénme tǐhuì ya?
甲 : 學了 好幾 個 月 普通話 了，你 有 什麼 體會 呀？

乙　Yǐ : Wǒ juéde zìjǐ jìnbù bù xiǎo, qǐmǎ shì ge rén le.
乙 : 我 覺得 自己 進步 不 小[1]，起碼 是 個 人 了。

甲　Jiǎ : Zhè huà zěnme shuō?
甲 : 這 話 怎麼 說？

乙　Yǐ : Chūbān dì-yī táng kè, lǎoshī ràng wǒmen fàngkāi dǎnliàng,
乙 : 初班 第一 堂 課，老師 讓 我們 放開 膽量，

　　yòng Pǔtōnghuà jiǎndān jièshào zìjǐ. Wǒ jiējie-bābā de duì
　　用 普通話 簡單 介紹 自己。我 結結巴巴 地 對

　　dàjiā shuō, wǒ shì liúlián … shēng de, zhù zài gǒulóng.
　　大家 說，我 是 榴槤…… 生 的，住 在 狗籠。

甲　Jiǎ : Bǎ "niú nián" shuōchéng "liúlián", "Jiǔ lóng" shuōchéng
甲 : 把"牛 年"說 成"榴槤"，"九龍"說 成

　　"gǒulóng", tóngxué dōu xiàole ba?
　　"狗籠"，同學 都 笑了 吧？

乙　Yǐ : Xiào le, dàn bú shì cháo xiào. Bān shang yǒude tóngxué
乙 : 笑了，但 不 是 嘲[2]笑。班 上 有的 同學

　　shuō zìjǐ nào de xiàohua gèng dà. Tā xiǎng gēn biéren
　　說 自己 鬧 的 笑話 更 大。他 想 跟 別人

　　shuō: "Wǒ shàng lóu, nǐ xià lóu." Què shuōchéng: "Wǒ
　　說："我 上 樓，你 下 樓。"卻 說 成："我

---

1. "不小"和"不少"在廣州話同音，注意"小 (xiǎo)"是 x 聲母，後面 i 介音不要漏掉，而"少 (shǎo)"是 sh 聲母。

2. "嘲 (cháo)"跟"朝代"的"朝"同音，用廣州話類推往往讀成"朝 (zhāo) 氣"的"朝"，要注意。

shàngliú , nǐ xiàliú . "
上 流，你 下 流。"

甲 : Yí jù píngcháng huà , biàn chéng mà dà jiē le , zhēn yào
甲 : 一 句 平常 話，變 成 罵大街 了，真 要

mìng !
命！

丙 : Wǒ hái tīngguo yǒu rén xiǎng chēngzàn rénjia "zhēn bàng" ,
丙 : 我 還 聽過 有 人 想 稱 讚 人家 "真 棒"，

què shuōchéng "nǐ zhēn pàng" , shènzhì "nǐ zhēn bèn" .
卻 說 成 "你 真 胖"，甚 至 "你 真 笨"。

甲 : Kàn lái bú huì jiǎng Pǔtōnghuà zhēn bù fāngbian .
甲 : 看來不會 講 普通話 真 不 方便。

乙 : Běn lái wǒ yǐwéi Pǔtōnghuà shì pǔ pǔtōngtōng de huà , suíbiàn
乙 : 本來 我 以為 普通 話 是 普普通通 的 話，隨便

bǎ Guǎngzhōuhuà "jiǎng zǒu yì diǎnr yīn" jiù xiàng Pǔtōnghuà
把 廣 州 話 "講 走 一點兒音" 就 像 普通話

le . Xiànzài cái zhīdao , Pǔtōnghuà shì "pǔbiàn tōngyòng" de
了。現在 才 知道，普通話 是 "普遍 通用 " 的

yǔyán , hǎotīng yì dǒng , dàn yě děi xià yì fān gōngfu xué ,
語言，好聽 易 懂，但 也 得 下 一番 功夫 學，

cái néng shuō de hǎo .
才 能 說 得 好。

丙 : Guǎngzhōuhuà suīrán yě tōngyòng yú yì xiē dìqū , dàn bì jìng
丙 : 廣 州 話 雖然 也 通用 於 一些 地區，但 畢竟

shì yì zhǒng fāngyán , chū le Guǎngdōng jiù xíng bu tōng le .
是 一 種 方言，出 了 廣 東 就 行 不 通 了。

甲 : Shì a , Pǔtōnghuà hé Yuèfāngyán , chābié zhēnshi tài dà le !
甲 : 是 啊，普通話 和 粵 方言，差別 真是 太 大 了！

Yǔyīn 、 cí huì 、 yǔfǎ , gè fāngmiàn dōu yǒu qūbié .
語音、詞彙、語法，各 方面 都 有 區別。

乙 : Yǔyīn de chābié zuì dà , Pǔtōnghuà shì yǐ Běijīng yǔyīn wéi
乙 : 語音 的 差別 最 大，普通話 是 以 北京 語音 為

biāozhǔnyīn de , wǒmen děi nǔlì gǎibiàn zìjǐ yuánlái de
標準 音 的，我們 得 努力 改變 自己 原來 的

yǔyīn xíguàn, jì zhù chángyòng zì Pǔtōnghuà de dúyīn.
語音 習慣，記住 常用 字 普通話 的 讀音。

Bǐng : Wǒ juéde shēngdiào zuì nán, zhūzi 、 zhúzi 、 zhǔzi 、 zhùzi,
丙 ： 我 覺得 聲調 最 難，珠子、竹子、主子、柱子，

yìsi wánquán bùtóng. Yóuqí dì-sì shēng, lǎoshì shuō bu
意思 完全 不同。尤其 第四 聲，老是 [1] 說 不

hǎo. "Wǒ wàng le" shuō chéng "Wǒ wáng le", yǐnqǐ bié
好。"我 忘 了" 說 成 "我 亡 了"，引起 別

ren hōngtáng-dàxiào.
人 哄堂 大笑。

Yǐ : Éi, wǒ wèn ni, Pǔtōnghuà hé Guóyǔ yǒu shénme bùtóng?
乙 ： 誒，我 問 你，普通話 和 國語 有 什麼 不同？

Jiǎ : Bùtóng de jiàofa bàle. nèidì jiào "Pǔtōnghuà"; Táiwān jiào
甲 ： 不同 的 叫法 罷了。內地 叫 " 普通話 "；台灣 叫

"Guóyǔ"; Xīnjiāpō jiào "Huáyǔ".
"國語"；新加坡 叫 "華語"。

Bǐng : Tīngshuō Huáyǔ zài Xīnjiāpō de dìwèi xiāngdāng zhòngyào,
丙 ： 聽說 華語 在 新加坡 的 地位 相當 重要，

lián zhèngfǔ dōu tíchàng jiǎng Huáyǔ ne!
連 政府 都 提倡 講 華語 呢！

Jiǎ : Pǔtōnghuà zài Xiānggǎng shèhuì shang de dìwèi yě yuèláiyuè
甲 ： 普通話 在 香港 社會 上 的 地位 也 越來越

zhòngyào le, lǚyóu 、 duì Huá màoyì 、 yǔ nèi dì 、 Táiwān de
重要 了，旅遊、對 華 貿易、與 內地、台灣 的

jiāoliú dōu lí bu liǎo tā ne!
交流 都 離 不 了 它 呢！

Yǐ : Hái yǒu, shìjiè shang yuèláiyuè duō de guójiā kāishè le Hànyǔ
乙 ： 還 有，世界 上 越來越 多 的 國家 開設了 漢語

kèchéng, wǒmen shì Zhōngguórén, gèng yīnggāi shuōhǎo zìjǐ
課程，我們 是 中 國 人，更 應該 說 好 自己

---

1. "老是" 是 "總是" "常常" 的 意思。廣州話 說 "成日 ……"，就 可
以 說 成 "老那樣" "老是 ……"。

guójiā de guīfàn yǔyán .
國家 的 規範 語言。

Bǐng： Nǐmen shuō de duì, xuéhuì Pǔtōnghuà, zǒubiàn quán tiānxià .
丙：你們 說 得 對，學會 普通話， 走遍 全 天下。

有關詞語 〔B2-2〕

（一）

Zhōngguóhuà　　Hànyǔ　　wàiguóhuà
中 國 話　　漢語　　外國 話

Yīngyǔ　　Fǎyǔ　　Déyǔ
英語　　法語　　德語

Rìyǔ　　Éyǔ　　Xībānyáyǔ　　shìjiè yǔ　　fānyì　　kǒuyǔ
日語　　俄語　　西班牙語　　世界語　　翻譯　　口語

shūmiàn yǔ　　wénzì　　hànzì　　pīnyīn　　shēngmǔ
書 面 語　　文字　　漢字　　拼音　　聲 母

yùnmǔ　　zìmǔ　　biāodiǎn　　fúhào
韻母　　字母　　標 點　　符號

piān　　zhāng　　jié　　yè　　háng　　zuòzhě
篇　　章　　節　　頁　　行　　作 者

tímù　　biānhào(r)
題目　　編號（兒）

yí zhì　　gé hé　　juéxīn　　chōngshí　　xìngqù　　gōutōng
一致　　隔閡　　決 心　　充 實　　興 趣　　溝通

jiāotán　　huídá　　gǎndào　　jué de　　xiǎng fa　　diūliǎn
交 談　　回答　　感 到　　覺得　　想 法　　丟臉

cánkuì　　bù hǎo yìsi　　nánwéiqíng
慚 愧　　不 好意思　　難 為 情

jīngtōng　　zhèngquè　　cuòwù　　gēngzhèng　　còu he
精 通　　正 確　　錯誤　　更 正　　湊 合

chàbuduō　　shuō de guòqù　　bù dǒng　　yí qiào-bùtōng
差不多　　說 得 過去　　不 懂　　一 竅 不 通

（二）

xué xì ：
學 系：

wén kē ： Zhōngwén　Yīngwén　lìshǐ　zhéxué
文 科： 中 文　　英 文　　歷史　　哲學

lǐkē ： shùxué　wùlǐ　huàxué　shēngwù　jìsuànjī
理科： 數 學　物理　化 學　　生 物　計算機

shèhuì kē xué ： jīng jì　zhèngzhì　fǎlǜ
社 會 科 學 ：經濟　政 治　法律

gōngchéng ： tǔ mù　jī xiè　diànjī　diànzǐ　diànnǎo
工　程　：土木　機械　電機　電子　電腦

yīkē ： xīnzàng　gǔkē　shénjīng　ěr-bí-hóu kē
醫科： 心臟　骨科　神經　耳鼻喉科

xuéwèi　(xuéxián) ：
學 位 （學 銜 ）：

xuéshì　shuòshì　bó shì
學士　碩士　博士

練　習

一、課堂談話內容

1. 你什麼時候開始學普通話的？在哪兒學的？學了多久？

2. 你為什麼要學普通話？有什麼困難？

3. 你聽說過不會講普通話引起的笑話（兒）嗎？如聽說過，
請講講。

4. 你會講哪幾種語言？哪一種語言使用的機會最多？

5. 你覺得學校學過的哪些科目對你現在的工作、生活最有幫助？離開學校後，你又進修過哪些課程？

二、命題說話

以"我的學習生活"為題作2分鐘簡短發言。

三、正音練習

[讀準含 ü 韻母的字]

1.	jué 覺	juéde 覺得	juéxǐng 覺醒	gǎnjué 感覺	zhíjué 直覺	xiānzhī-xiānjué 先知先覺	
2.	què 卻	quèbù 卻步	lěngquè 冷卻	tuìquè 退卻	què shuōchéng 卻說成		
3.	xué 學	tóngxué 同學	dàxué 大學	xuéxí 學習	xuékē 學科	xuélì 學歷	xuéwen 學問
4.	qū 區	dìqū 地區	tèqū 特區	zāiqū 災區	qūyù 區域	qūbié 區別	qūfēn 區分

四、詞語運用

下面的廣州話詞語用普通話怎麼說？

廣州話	普通話
銀包	（　　　）
頸巾	（　　　）
膠袋	（　　　）
豉油	（　　　）

蔗　　　　　（　　）

擠擁　　　　（　　）

很惡　　　　（　　）

雪櫃　　　　（　　）

提示：

擁擠　錢包　醬油　圍巾　很兇

塑料袋　冰箱　甘蔗

第三課　居住 *Jūzhù*

B3-1

孔 Kǒng：廖 小姐，您 這 新居 挺 不錯 呀！背山 面海，
Liào xiǎojie，nín zhè xīnjū tǐng búcuò ya！Bèishān miànhǎi，

視野 開闊；空氣 清新，環境 怡人。
shìyě kāikuò；kōngqì qīngxīn，huánjìng yí rén．

廖 Liào：是 啊，我 來 看 房子 的 時候，正 趕上 黃
Shì a，wǒ lái kàn fángzi de shíhou，zhèng gǎnshang huáng-

昏，從 窗 戶 望 出去，一 輪 夕陽 倒映¹ 在
hūn，cóng chuānghu wàng chuqu，yì lún xīyáng dàoyìng zài

海 上，波 光 粼粼²，景色 迷人 極 了。我 當
hǎi shang，bōguāng lín lín，jǐng sè mírén jí le．Wǒ dāng-

時 就 決定，不用 再 看 別處 了。
shí jiù juédìng，búyòng zài kàn biéchù le．

孔 Kǒng：我 看 附近 車站 不少，交通 挺 方便 吧？
Wǒ kàn fù jìn chēzhàn bù shǎo，jiāotōng tǐng fāngbiàn ba？

廖 Liào：還 可以，去 香 港、九龍 有 公共 汽車 直
Hái kěyǐ，qù Xiānggǎng、Jiǔlóng yǒu gōnggòng qìchē zhí

達；到 羅湖 就 小巴 換 東鐵；還 有 飛翔
dá；dào Luóhú jiù xiǎobā huàn Dōngtiě；hái yǒu fēixiáng

船 開往 澳門。
chuán kāi wǎng Àomén．

孔 Kǒng：剛才 從 車站 過來 的 時候，這 一 路 上 我
Gāngcái cóng chēzhàn guòlai de shíhou，zhè yí lù shang wǒ

---

1. "映"在廣州話跟"影"同音，意義也相近，容易混淆。普通話"映
（yìng）"跟"回應"的"應"同音，讀第四聲。

2. "粼（lín）"受廣州話影響容易誤讀為"輪（lún）"，普通話跟"林"
同音，還有鄰（鄰居）、鱗（魚鱗）、麟（麒麟）都讀 lín。

kànjian wǎngqiúchǎng、lánqiúchǎng、páiqiúchǎng，lóuxià hái
看見 網球場、籃球場、排球場，樓下還

yǒu pīngpāngqiútái，tǐ yù shèshī búcuò.
有 乒乓球檯，體育設施不錯。

Liào : Mǎmǎhūhū ba，hái suàn shuō de guòqù. Nǎ gǎnde shàng nǐ
廖 ：馬馬虎虎吧，還算說得過去。哪趕得上你

ya！Nǐmen nà biéshù páng biān(r) shì gāo'ěr fū qiúchǎng，
呀！你們那別墅旁邊（兒）是高爾夫球場，

lù cǎo rú yīn，yí wàng-wú jì. Jiǎnzhí bù kě tóngrì' éryǔ.
綠草如茵，一望無際。簡直不可同日而語。

Kǒng : Qiānwàn bié zhème shuō，nà shì wǒ fù mǔ de fángzi. Wǒmen
孔 ：千萬別這麼說，那是我父母的房子。我們

zhǐshì zhōumò cái guòqu zhù yì-liǎng tiān，péipei liǎng wèi
只是週末才過去住一兩天，陪陪兩位

lǎorén.
老人。

Liào : Nà nǐ gēn tàitai de xīn jū zài nǎr ？Zài Bànshān háishi Yú-
廖 ：那你跟太太的新居在哪兒？在半山還是愉

jǐngwān？Shì yí cì fù qīng，háishi fēnqī fùkuǎn？
景灣？是一次付清，還是分期付款？

Kǒng : Fù mǔ dàoshi tíguo bāng wǒmen mǎi fángzi，kě tàitai hé wǒ
孔 ：父母倒[1]是提過幫我們買房子，可太太和我

dōu bù xiǎng ràng zhǎngbèi chū qián. Jié hūn yǐhòu，wǒmen
都不想讓長輩出錢。結婚以後，我們

liǎ xiān zài Shēnzhèn zū fángzi zhù.
倆先在深圳租房子住。

Liào : Shēnzhèn zū jīn bǐ Xiānggǎng piányi，nǐ huā tóngyàng jiàqian
廖 ：深圳租金比香港便宜，你花同樣價錢

kěyǐ zhù gèng dà de fángzi，hǎo！Tǐng cōngming. Kě shì
可以住更大的房子，好！挺聰明。可是

---

1. "倒"是多音字，在"倒是（dàoshì）""倒映（dàoyìng）"中讀第
四聲；在"打倒（dǎdǎo）""倒塌（dǎotā）"中讀第三聲。

zhì'ān zěnmeyàng a?
治安 怎麼 樣 啊？

Kǒng : Zhì'ān búcuò, guǎnlǐchù tǐng fùzé de. Wǒ zuì mǎnyì de shì
孔 ： 治安 不錯，管理處 挺 負責 的。我 最 滿意 的 是

nàr de huìsuǒ. Yóuyǒngchí、jiànshēnfáng búyòng shuō le,
那兒 的 會所。游 泳池、健 身 房 不用 說 了，

lián túshūguǎn dōu yǒu. Yuèlǎnshì li de bàokān zhǒnglèi xiāng
連 圖書 館 都 有。閱覽室 裏 的 報刊 種 類 相

dāng duō, qízhōng yǒude wǒ yǐqián dōu méi tīngshuōguo.
當 多，其 中 有的 我 以前 都 沒 聽 說 過。

Liào : Bóshì bìjìng shì bóshì, dào nǎr dōu wàngbuliǎo kàn shū.
廖 ： 博士 畢竟 是 博士，到 哪兒 都 忘 不了 看 書。

Kǒng : Nǐ bié xiàohua wǒ le. Wǒmen liǎ xiǎng zǎn diǎnr qián,
孔 ： 你 別 笑 話 我 了。我 們 倆 想 攢 點兒 錢，

děng yǒule xiǎoháir, jiù zài Xiānggǎng gēn yínháng dàikuǎn
等 有了 小孩兒，就 在 香 港 跟 銀 行 貸 款

mǎi fángzi. Yǒu le jīngjì jīchǔ, xuǎnzé de fànwéi kěyǐ dà
買 房子。有 了 經濟 基礎，選擇 的 範圍 可以 大

yì diǎnr. Bùrán guāng xiǎng zhù hǎo dìqū、hǎo fángzi, méi
一點兒。不然 光 想 住 好 地區、好 房子，沒

qián yě shíxiàn bùliǎo.
錢 也 實現 不了。

Liào : Xíng a nǐ, yǒu zhìqi! Suīrán lǎobà lǎomā yǒuxīn zīzhù
廖 ： 行 啊 你，有 志氣！雖然 老爸 老媽 有心 資助

nǐ, kě nǐ bù dāng "kěnlǎozú".
你，可 你 不 當 "啃老族"。

Kǒng : Wǒmen dōu gōngzuò le, zhèngqián le, gànmá yào kào
孔 ： 我 們 都 工作 了，掙 錢 了，幹 嗎 要 靠

fùmǔ yǎng? Nǐ kànzhe ba, wǒ yǐhòu zhù de fángzi bú huì
父母 養？你 看着 吧，我 以後 住 的 房子 不 會

bǐ fùmǔ chà.
比 父母 差。

有關詞語 🎧 B3-2

zhùzháiqū　gāolóu dàshà　biéshù　sīrén lóuyǔ　jū zhù　huánjìng
住宅區　　高樓 大廈　別墅　私人 樓宇　居住　環境

liánzūwū　jūzhě yǒu qí wū　fēnqī fù kuǎn
廉租屋　居者 有 其 屋　分期 付 款

Fángwū Wěiyuánhuì　Fángwū Xié huì
房屋 委員會　　房屋 協會

xǐzhìqū　ānzhìqū　mùbǎnfáng　(mùwū)
徙置區　安置區　木板 房　（木屋）

zhuānfáng　(wǎfáng)　píngtái
磚房　（瓦房）　平台

huāyuán　pēnshuǐchí　yángtái　huìsuǒ　jiànshēnfáng　yóuyǒngchí
花園　噴水池　陽台　會所　健身 房　游泳池

diàntī　dìxià shì　lángānr　táijiēr　línjū
電梯　地下室　欄杆兒　台階兒　鄰居

yùshì　cèsuǒ　kètīng　fàntīng　chúfáng　wòshì
浴室　廁所　客廳　飯廳　廚房　臥室

zǔhéguì　shāfā　chájīr
組合櫃　沙發　茶几兒

練 習

一、課堂談話內容

　1.你喜歡哪種類型的房子？

　2.你喜歡哪些室內的陳設？

　3.你辦公的地方環境怎樣？

　4.租樓、買樓要注意些什麼？手續怎麼辦理？

二、角色扮演

角色：（1）剛入住新房子的住客　　（2）住客的朋友

情境：請朋友到自己的新居做客，介紹新家的環境和陳設。

三、正音練習

[讀準 zh、z、j 聲母的字]

1.	zhì 治	zhì'ān 治安	zhìlǐ 治理	zhèngzhì 政治	fǎzhì 法治	zhìbìng-jiùrén 治病救人
	jì 際	jiāojì 交際	guójì 國際	yí wàng-wú jì 一望無際		
2.	zhī 知	zhīdao 知道	zhīshi 知識	wúzhī 無知	liángzhī 良知	wēngù-zhīxīn 溫故知新
	zī 資	zīzhù 資助	zīliào 資料	zīběn 資本	gōngzī 工資	wàizī 外資

四、詞語運用

選出適當的量詞，填在括號裏。

[條　把　張　場　根　道]

1. 一（　　）椅子　　2. 一（　　）官司

3. 一（　　）試題　　4. 一（　　）頭髮

5. 一（　　）網　　　6. 一（　　）遊艇

妻：Qī :
你去北京的行李我幫你收拾好了。你看
Nǐ qù Běijīng de xíngli wǒ bāng nǐ shōushi hǎo le . Nǐ kàn-

看還缺什麼，好趁這幾天還沒出發，
kan hái quē shénme , hǎo chèn zhè jǐ tiān hái méi chū fā ,

趕快添置。
gǎnkuài tiānzhì .

夫：Fū :
這兩大箱都是啊？我沒看錯吧？
Zhè liǎng dà xiāng dōu shì a ? Wǒ méi kàncuò ba ?

妻：Qī :
都是，你不是去三五天，是長住。北京
Dōu shì , nǐ bú shì qù sān-wǔ tiān , shì cháng zhù . Běijīng

天氣跟香港不一樣，要多帶些衣服。還
tiānqì gēn Xiānggǎng bù yí yàng , yào duō dài xiē yī fu . Hái

有些日常用品，每天要用，你到那兒，
yǒu xiē rìcháng yòngpǐn , měi tiān yào yòng , nǐ dào nàr ,

開頭兒人生地不熟，到哪兒買都不知
kāi tóur rén shēng dì bù shú , dào nǎr mǎi dōu bù zhī-

道。
dào .

夫：Fū :
你看你看，光西裝就四五套，用得着
Nǐ kàn nǐ kàn , guāng xī zhuāng jiù sì-wǔ tào , yòng de zháo

嗎？
ma ?

妻：Qī :
你是主管，得¹穿得像個領導的樣子。
Nǐ shì zhǔguǎn , děi chuān de xiàng ge lǐngdǎo de yàngzi .

夫：Fū :
像不像領導，也不是靠衣服穿出來的
Xiàng bu xiàng lǐngdǎo , yě bú shì kào yī fu chuān chu lai de

---

1. "得" 是多音字，作助詞時讀輕聲 de；表示不做不行的意思時，讀
děi，"得穿得 (děi chuān de)" 前後兩個 "得" 讀音不同。

ya！Wǒ kàn yì-liǎng tào jiù gòu le，duō dài jǐ tiáo lǐngdài

呀！我 看 一 兩 套 就 夠 了，多 帶 幾 條 領 帶

gēn dàijīn jiù xíng le．

跟 袋巾 就 行 了。

Qī： Xíng，yīfu shì gěi nǐ zhǔnbèi de，nǐ shuōlesuàn．
妻： 行，衣服 是 給 你 準 備 的，你 說了算[1]。

Fū： Dà rè de tiānr，zěnme bǎ nízi dà yī yě zhuāng jin qu
夫： 大 熱 的 天兒，怎麼 把 呢子 大衣 也 裝 進去

le？
了？

Qī： Nǐ yào zài Běijīng guòdōng，běifāng dōngtiān kě lěng ne！
妻： 你 要 在 北京 過冬，北方 冬 天 可[2]冷 呢！

Fū： Wǒ huì shuō Pǔtōnghuà，dào Běijīng xūyào shénme，hái pà
夫： 我 會 說 普通話，到 北京 需要 什麼，還 怕

mǎibuzháo ma？
買 不 着 嗎？

Qī： Duì duì duì，"yì shuāng" bú huì shuōchéng "yì xiāng"；
妻： 對 對 對，"一 雙 "不 會 說 成 "一 箱 "；

"nánshì" bú huì shuōchéng "lánsè"…
"男式"不 會 說 成 "藍色"……

Fū： Nà shì wǒ hái méi xué Pǔtōnghuà zhīqián nào de xiàohua，nǐ
夫： 那 是 我 還 沒 學 普通話 之 前 鬧 的 笑 話，你

bié lǎo tí hǎo bu hǎo？
別 老 提 好 不 好？

Qī： Duìbu qǐ，nàme hǎoxiào，zhēnshi ràng wǒ yìnxiàng shēnkè．
妻： 對不起，那麼 好 笑，真是 讓 我 印象 深刻。

Hǎo le，hǎo le，bù kāi wánxiào le．Nǐ jiǎnchá yí xià xíngli
好 了，好 了，不 開 玩 笑 了。你 檢查 一下 行李

---

1. 由誰說了算，是指這個人可以做決定，他說的話是"算數"的。"算數"在廣州話就是"算了"，有"忽略不計（不算數）"的意思，跟普通話剛好相反。

2. 表示程度的輕重，除了用"很、挺、非常"等詞語外，還可以用"可"，如"可冷呢"、"風可大了"，表示強調的語氣。

ba , yòngbuzháo de jiù ná chulai .
吧，用 不 着 的 就 拿 出來。

Fū : Hǎo . Duì le , dōu wàngle shuō , xièxie nǐ la !
夫： 好。對 了，都 忘了 說，謝謝 你 啦！

Qī : Qù nǐ de ba , jiǎ bu jiǎ ya ?
妻： 去 你 的 吧，假 不 假 呀？

有關詞語 🎧 B4-2

chènshān　　xīfú　(xī zhuāng)　　lǐngdài　　pí jiā kè
襯 衫　　西服（西 裝 ）　　領帶　　皮夾克

jiānlǐng máobèixīn　　mián'ǎo　　miánhóur　　liányīqún　tàozhuāng
尖領 毛背心　　棉 襖　　棉猴兒　　連衣裙　套 裝

miánmáoshān　　kāixiōngshìmáoyī　　wàitào　　dàyī　　pījiān
棉 毛 衫　　開 胸 式毛衣　　外套　　大衣　　披肩

shājīn　　wéijīn　　shǒutào　　chāoduǎnqún　(mínǐqún)
紗巾　　圍巾　　手套　　超 短 裙（迷你裙）

yùndòng fú　　yǔyī
運 動 服　　雨衣

chúnmián　　kǎjī　　zhēn sī　　chóuduàn　　níróng　　máoliào
純 棉　　咔嘰　　真 絲　　綢緞　　呢絨　　毛料

díquèliáng　　nílóng　　hùnfǎng　　báoshā　　zhēnzhīpǐn
的確 良　　尼龍　　混 紡　　薄紗　　針織品

gānxǐ　　miǎn yùn　(tàng)　　diào shǎi(r)　　xié　　píxié　　bùxié
乾洗　　免 熨（ 燙 ）　　掉 色（兒）　　鞋　　皮鞋　　布鞋

liángxié　　tuōxié　　qiúxié　　gāogēnxié　　yǔ xié　　sù liàoxié　　xuēzi
涼 鞋　　拖鞋　　球鞋　　高跟鞋　　雨鞋　　塑料鞋　　靴子

hóng　　chéng　　huáng　　lǜ　　lán　　zǐ　　hēi　　bái
紅　　橙　　黃　　綠　　藍　　紫　　黑　　白

huī　　hè　　shēn　　qiǎn
灰　　褐　　深　　淺

練　習

一、課堂談話內容

1. 談談你今天的穿戴。

2. 試講出下列場合你的服飾：

　　A. 上班　B. 赴宴　C. 旅行　D. 居家

3. 你選購衣服的標準是什麼（顏色、質地、價錢、其他）？

4. 談談在不同季節裏你的穿戴。

二、命題說話

以 "談談服飾" 為題作 2 分鐘簡短發言。

三、正音練習

　　[讀準鼻韻母 -n 和 -ng 的字]

1.	guān 觀	guānchá 觀察	guānniàn 觀念	zhǔguān 主觀	měiguān 美觀
	zuòjǐng-guāntiān 坐井觀天				
	guāng 光	guāngcǎi 光彩	guāngliàng 光亮	guānguāng 觀光	xīngguāng 星光
	wèiguó-zhēngguāng 為國爭光				

2.	jīn 巾	máojīn 毛巾	cānjīn 餐巾	dàijīn 袋巾	sī jīn 絲巾
	jīng 京	Běijīng 北京	Dōngjīng 東京	jīngchéng 京城	Jīng jù 京劇

四、詞語運用

請參考提示，選出適當的詞語，替換下列各句的劃線部分。

1. 衣服是給你準備的，你<u>說怎麼樣就怎麼樣</u>（　　　　）。

2. 北方冬天<u>非常冷</u>（　　　　）！

3. 你是個主管，<u>一定要</u>（　　　　）穿得像個領導的樣子。

4. 這是以前的事了，你別<u>常常提起</u>（　　　　）好不好？

提示：

得　說了算　老提　可冷呢

B5-1

甲：
Wǒ dì- yī cì lái Xiānggǎng , yīnggāi dào něixiē dìfang qu
我 第一 次 來 香 港，應 該 到 哪些 地方 去

kànkan ne ?
看看 呢？

乙：
Nín dǎsuan zài Xiānggǎng dāi duōjiǔ ?
您 打算 在 香 港 待¹多久？

甲：
Liǎng ge xīngqī zuǒyòu , búguò , yǒu xǔduō shìqing yào zuò ,
兩 個 星期 左右，不過，有 許多 事情 要 做，

kěyǐ yònglái yóulǎn de , zhǐ yǒu sān- sì tiān bà le .
可以 用來 遊覽 的，只 有 三四 天 罷了。

乙：
Xiānggǎng hǎowánr de dìfang hěnduō , sān- sì tiān de shíjiān
香 港 好玩兒 的 地方 很多，三四 天 的 時間

tài shǎo le .
太 少 了。

甲：
Nà jiù tiāo zuì yǒu tèsè de dìfang zhuànzhuan ba , nín kàn
那 就 挑²最 有 特色 的 地方 轉 轉 吧，您 看

xiān shàng nǎr hǎo ?
先 上 哪兒 好？

乙：
Hǎi yáng Gōng yuán tǐng bú cuò de , bǎi huā- zhēng yàn 、
海洋 公 園 挺 不錯 的，百 花 爭 艷、

lǜ shù-chéngyīn , fēngjǐng hěn měi .
綠樹 成 蔭，風景 很 美。

---

1. "待"是多音字，"待多久"的"待"是停留的意思，也可用"呆"字，
讀音同"呆（dāi）"。

2. "挑"是"挑選"的意思，口語多用單音節詞"挑"，如"隨便挑""挑
最有特色的地方……"。成語有"挑三揀四"，廣州話用"揀"表示
挑選，如"揀選"，普通話一般用"挑"。

甲： Něige gōngyuán dōu shi zhèiyàng a!
哪個 公園 都 是 這 樣 啊！

乙： Nǐ xiān bié zháojí, Hǎiyáng Gōngyuán chúle shuǐbì-tiānlán、
你 先 別 着急，海洋 公園 除了 水碧天藍、

cǎolǜ-huāhóng, hái gěi nǐ tígōng qīnjìn dòngwù de jīhuì. Jiù
草綠花紅，還 給 你 提供 親近 動物 的 機會。就

suàn nǐ kàn nì le yīngwǔ、xióngmāo, yě kěyǐ dào Hǎiyáng
算 你 看膩了 鸚鵡、熊 貓，也 可以 到 海洋

Jùchǎng qu, guānkàn hǎitún、hǎishī de jīngcǎi biǎoyǎn, zhèi-
劇場 去，觀看 海豚、海獅 的 精彩 表演，這

xiē kě'ài de dòngwù wǒmen píngshí hěn shǎo kàndedào ne!
些 可愛 的 動物 我們 平時 很 少 看得到 呢！

甲： Chúle cānguān zhīwài, wǒ hái xiǎng huódong huódong, Hǎi-
除了 參觀 之外，我 還 想 活動 活動，海

yáng Gōngyuán li néng bu néng huáchuán、yóuyǒng a?
洋 公園 裏 能 不 能 划 船、游泳 啊？

乙： Nǐ kě zhēn tānxīn, yì gēn zhēn nǎ néng liǎng tóur jiān
你 可 真 貪心，一 根 針 哪 能 兩 頭兒 尖

na! Yú yǔ xióng zhǎng, bù kě jiān dé. Yàoshi xiǎng yóu-
哪！魚 與 熊 掌，不可 兼 得。要是 想 游

yǒng, nǐ háishi shàng hǎitān huòzhě yóuyǒngchí ba! Búguò,
泳，你 還是 上 海灘 或者 游泳池 吧！不過，

Hǎiyáng Gōngyuán li yǒu duōzhǒng dàxíng jīdòng yóuxì shè-
海洋 公園 裏 有 多 種 大型 機動 遊戲 設

bèi, nǐ kěnéng yǒu xìngqù chángshì yí xià, shuōbudìng huì
備，你 可能 有 興趣 嘗試 一下，說不定 會

ràng nǐ lè'ér wàngfǎn ne!
讓 你 樂而忘返 呢！

甲： Shì ma? Nà tài hǎo le, wǒ yídìng qù shìshi! Hái yǒu shén-
是 嗎？那 太 好 了，我 一定 去 試試！還 有 什

me hǎo wánr de ne?
麼 好玩兒 的 呢？

乙： Shān shàng、shān xià yǒu suǒdào xiānglián, nǐ kěyǐ chéng-
山 上、山 下 有 索道 相連，你 可以 乘

zuò dēng shān lǎn chē , cóng kōng zhōng xīn shǎng hú guāng-
坐 登 山 纜 車 [1]，從 空 中 欣 賞 湖 光

shān sè , yòu kěyǐ gēn péngyou xiāngyuē , hùxiāng pāixià huò
山 色，又 可以 跟 朋 友 相 約，互 相 拍下 或

jīng huò xǐ de biǎoqíng , liú zuò jìniàn .
驚 或 喜 的 表 情，留 作 紀 念。

Jiǎ : Nàme duō yóukè quán zuò diàochē , yào pái hěn cháng de duì ba ?
甲： 那麼 多 遊客 全 坐 吊車，要 排 很 長 的 隊 吧？

Yǐ : Nǐ rúguǒ bù xiǎng fèi shíjiān páiduì , jiù zuò hǎiyáng lièchē
乙： 你 如果 不 想 費 時間 排隊，就 坐 海洋 列車

ya ! Nà yòu shì lìng yì fān qíngqù .
呀！那 又 是 另 一 番 情趣。

Jiǎ : Tīng nǐ shuō de nàme yǒu yìsi , wǒ hènbu de mǎshàng jiù
甲： 聽 你 說 得 那麼 有意思，我 恨不得 馬 上 就

qù . Nǐ néng chōu shíjiān péi wǒ qù guàngguang ma ?
去。你 能 抽 時間 陪 我 去 逛 逛 [2] 嗎？

Yǐ : Fàngxīn ba , yì bùróng cí !
乙： 放 心 吧，義 不 容 辭！

有關詞語 🎧 B5-2

（一）

lǚ yóu jǐngdiǎn　　zhǔtí gōngyuán　　hǎibīn gōngyuán　　jiāo yě gōngyuán
旅 遊 景 點　　主 題 公 園　　海 濱 公 園　　郊 野 公 園

zì rán bǎohùqū　　lìshǐ bówùguǎn　　měishí guǎngchǎng　　gòuwù zhōngxīn
自然 保護區　　歷史 博物 館　　美食 廣 場　　購物 中心

---

1. "纜車"的"纜（lǎn）"，音同"懶"，讀第三聲。廣州話"纜"跟"濫"
　同音，很容易混同起來，誤讀為第四聲，要注意。

2. 動詞重疊在普通話裏很常見，如"逛逛""想想""研究研究"；廣州
　話一般用"（動）一（動）"或"（動）一下/（動）下"表示，如"聽
　下音樂"。

Xiānggǎng Huìyì Zhǎnlǎn Zhōngxīn　Huángjīn Hǎi'àn
香　港　會議　展覽　中　心　　黃　金　海岸

(二)

Tàipíngshāndǐng　　Wéiduōlìyà Gǎng　　Xīngguāng Dàdào
太 平 山 頂　　維 多 利 亞　港　　星　光　大道

Tiāntán Dà fó　　Xiānggǎng Dí shì ní Lè yuán　　Huángdàxiān Cí
天 壇 大佛　　香　港　迪士尼 樂　園　　黃　大 仙　祠

Jīnzǐ jīng Guǎngchǎng　　Qīngmǎ Dàqiáo　　Hóngkàn Hǎibīn Chángláng
金紫 荆　廣　場　　青　馬 大橋　　紅　磡 海濱　長　廊

Líncūn Xǔyuànshù　　Huāxū　　Quèniǎo Gōngyuán
林村 許 願　樹　　花墟　　雀 鳥　公　園

Xiānggǎng Gōngyuán　　Xiānggǎng Shī dì Gōngyuán
香　港　公　園　　香　港　濕地 公　園

Zhōngguó Xiānggǎng Shìjiè Dìzhì Gōngyuán
中　國　香　港　世界 地質 公　園

Yùqì Shìchǎng　　Lánguìfāng　　Miàojiē Yèshì　　Shātián Mǎchǎng
玉器 市 場　　蘭桂 坊　　廟 街 夜市　　沙 田 馬 場

練　習

一、課堂談話內容

1. 香港的幾個主要遊覽點（海洋公園、山頂、天壇大佛、迪士尼樂園、金紫荆廣場、星光大道、太空館等）你都到過了嗎？你覺得哪些地方最好玩兒？

2. 請介紹一處你曾旅遊過的地方（市容、交通或風土人情等）。

3. 你最喜歡哪幾種動物？你家有寵物嗎？

4. 你喜歡哪些花草？為什麼？你家裏有盆栽嗎？

二、說話活動

假設你接待一位外地朋友到香港某景點遊覽，請你向他介紹景點的背景資料和周圍的景物。

三、正音練習

[讀準 n 和 l 聲母的字]

1.	lán 藍	lánsè 藍色	wèilán 蔚藍	shuǐbì-tiānlán 水碧天藍	qīngchūyúlán 青出於藍
2.	lè 樂	lèqù 樂趣	lèguān 樂觀	kuàilè 快樂	yúlè 娛樂	lè'érwàngfǎn 樂而忘返
3.	liè 列	lièchē 列車	lièjǔ 列舉	lièduì 列隊	páiliè 排列	chénliè 陳列
4.	nì 膩	xìnì 細膩	kànnìle 看膩了	yóunì 油膩

四、詞語運用

請改換下列各句劃線部分的說法。請參考例句，在括號裏填上適當的詞語，然後讀一讀。

例：這件事，我還要考慮一下（考慮考慮）。

1. 除了參觀之外，我還想活動一下（　　　　）。

2. 你能抽時間陪我去逛一下（　　　　）嗎？

3. 走了那麼久，要不要休息一下（　　　　）？

4. 我去一下（　　　　）就來。

第六課

Yínháng　Fúwù
銀行 服務

（ Yī ）　Huàn　Rénmínbì
（一）換 人民幣

Zhí：　Xiānsheng，wǒ shì běn háng de Pǔtōnghuà dàshǐ，qǐngwèn nín
職：　先 生，我 是 本 行 的 普 通 話 大 使，請 問 您

　　　xūyào shénme fúwù？
　　　需要 什 麼 服務？

Kè：　Wǒ xiǎng huàn diǎnr rénmínbì．
客：　我 想 換 點兒 人民幣。

Zhí：　Qǐngwèn nín yào xiànchāo háishi diànhuì？
職：　請 問 您 要 現 鈔 還是 電匯？

Kè：　Yǒu shénme qūbié ne？
客：　有 什 麼 區別 呢？

Zhí：　Xiànchāo jiù shì yòng qítā huòbì huànchéng rénmínbì xiàn-
職：　現 鈔 就 是 用 其他 貨幣 換 成 人民幣 現

　　　jīn，kěyǐ jíshí qǔzǒu；diànhuì jiù yào cún zài nín de rén-
　　　金，可以 即時 取走；電匯 就 要 存¹ 在 您 的 人

　　　mínbì zhànghù li．
　　　民幣 賬 戶 裏。

Kè：　Nà wǒ yàoshi méiyǒu rénmínbì zhànghù　ne？
客：　那 我 要是 沒 有 人民幣 賬 戶² 呢？

Zhí：　Wǒmen kěyǐ bāng nín píng shēnfènzhèng kāishè rénmínbì
職：　我 們 可以 幫 您 憑 身份證 開 設 人民幣

　　　zhànghù．
　　　賬 戶。

---

1. 注意不要把"存（cún）"讀成"傳（chuán）"或"全（quán）"，
　　它們在廣州話是同音字，容易相混。

2. 賬戶在廣州話也稱戶口，戶口在普通話通常指戶籍。

Kè : Wǒ xiǎng xiān dǎtīng yí xià duìhuànlǜ.
客： 我 想 先 打聽 一下 兌換率。

Zhí : Chíyǒu bù tóng zhǒnglèi zhànghù de kèhù, mǎi-mài wàibì
職： 持有 不同 種類 賬戶 的 客戶，買賣[1] 外幣

shí, páijià huì yǒu qūbié. Nín kě yǐ zhíjiē xiàng guìtái chuāng
時，牌價 會 有 區別。您 可以 直接 向 櫃檯 窗

kǒu de yèwùyuán xúnwèn.
口 的 業務員 詢問。

Kè : Hǎo de.
客： 好 的。

Zhí : Qǐngwèn hái yǒu shénme yào bāngmáng de ma?
職： 請 問 還 有 什麼 要 幫 忙 的 嗎？

Kè : Méiyǒu le, xièxie!
客： 沒 有 了，謝謝！

（Èr） Fù Xìnyòngkǎ Zhàngdān
（二）付 信用卡 賬 單

Kè : Xiǎojie, wǒ xiǎng fù zhèi zhāng xìnyòngkǎ zhàngdān.
客： 小姐，我 想 付 這 張 信用卡 賬 單。

Zhí : Duìbu qǐ, lǎo xiānsheng, cóng zhèige yuè qǐ, běn háng bù
職： 對不起，老 先 生， 從 這個 月 起，本 行 不

jiēshòu xìnyòngkǎ guìtái fùzhàng.
接受 信用卡 櫃檯 付 賬 。

Kè : Nà zěnme bàn ne? Wǒ dōu lái le, jiù bàn zhè yí cì ba!
客： 那 怎麼 辦 呢？我 都 來 了，就 辦 這 一 次 吧！

Zhí : Zhēn de duìbu qǐ! Nín kěyǐ dào mén wài de zìdòng guìyuán-
職： 真 的 對不起！您 可以 到 門 外 的 自動 櫃 員

jī zhuǎnzhàng fùkuǎn.
機 轉 賬 付 款。

---

1. "買賣"如果表示生意或一種行業的意思，要讀輕聲 mǎimai。而表
   示買入賣出兩個動作時，不讀輕聲，如"買賣（mǎi mài）外幣"。

Kè : Wǒ yòu lǎo yòu bèn , bù zhīdào zěnme cāozuò .
客： 我 又 老 又 笨，不 知道 怎麼 操作。

zhí : Zhèiyàng ba , wǒ ràng qítā tóngshì gēn nín yí kuàir qù , jiāo
職： 這 樣 吧，我 讓 其他 同事 跟 您 一塊兒 去，教

nín cāozuò yí cì , xià cì nín jiù huì le . Tǐng jiǎndān de ,
您 操作 一 次，下 次 您 就 會 了。挺¹ 簡單 的，

bù máfan .
不 麻煩。

Kè : Hǎo , xièxie !
客 ： 好，謝謝！

Zhí : Zhè shì wǒmen yīnggāi zuò de .
職 ： 這 是 我們 應該 做 的。

有關詞語 🎧 B6-3

shōurù　　zhīchū　　rùbùfūchū　　liàngrùwéichū　　zījīn　　tóuzī
收入　　　支出　　　入不敷出　　　量入為出　　　　資金　　投資

tóujī　　zhuàn　　shí　　yíngyú　　kuīběn　　shéběn(r)　　sǔnshī
投機　　賺　　　蝕　　盈餘　　　虧本　　　折本（兒）　　損失

chǔxù　　cúnzhé　　zhīpiàobù　　tíkuǎn kǎ　　zìdòng guìyuánjī
儲蓄　　存摺　　　支票簿　　　提款 卡　　　自動 櫃員機

jièdài　　lìxī　　qiānzì　　gàizhāng
借貸　　利息　　簽字　　蓋章

gǎngbì　　měijīn　　ōuyuán　（ōuluó）　　rìyuán
港幣　　美金　　歐元 （歐羅）　　日元

tōnghuò　　péngzhàng　　gǔpiào　　dìchǎn　　gōng-shāng yè
通 貨　　膨脹　　　　股票　　地產　　工 商 業

zūjīn　　chāixiǎng　　wùyèshuì　　dǐng　　yājīn　（ànjīn）
租金　　差 餉　　　物業稅　　頂　　押金（按金）

rùxīshuì　　Shuìwùjú　　Liánzhènggōngshǔ　　tānwū　　huìlù
入息稅　　稅務局　　廉 政 公 署　　　貪污　　賄賂

---

1. "挺" 用於表示形容詞的程度，意思跟 "很" 接近，但語氣較輕。如 "挺好" "挺簡單"，相當於廣州話說 "幾好" "幾簡單"。

練　習

一、課堂談話內容

1. 你覺得把錢用在哪一方面最值得，哪一方面最不值得？為什麼？

2. 假如你有錢，你準備怎樣投資？在今天的香港應該不應該繼續投資？為什麼？

3. 你覺得目前的稅收制度合理嗎？要怎樣改善呢？

4. 假如你意外地獲贈一筆港幣一百萬元，你會怎樣利用這筆錢呢？

5. 你每月是怎樣安排自己的開支的？如衣着、飲食、住房、交通、應酬等各佔多少？

二、說話活動

兩人一組，練習婉拒對方要求。

三、語音複習

1. 讀出下列句子，注意把帶點的字讀成輕聲。

（1）那怎麼辦呢？

（2）有什麼區別呢？

（3）我們應該做的。

（4）挺簡單的，不麻煩。

（5）我不知道怎麼操作。

2.下面幾個句子中，哪些字要讀輕聲？先圈出來，然後再讀一讀。

（1）有什麼要幫忙的嗎？

（2）沒有了，謝謝！

（3）我都來了，就辦這一次吧！

（4）對不起，老先生。

四、詞語運用

下面的廣州話詞語用普通話怎麼說？

廣州話	普通話
幫襯	（　　　）
出糧	（　　　）
物業	（　　　）
蝕底	（　　　）
化算	（　　　）
撳機	（　　　）
嘜頭	（　　　）
息口	（　　　）

提示：

吃虧　光顧　發工資　用自動櫃員機提款　牌兒（牌子）

合算（划算/划得來）　產業（房產）　息率（利率）

第七課　我 和 體育
Wǒ hé Tǐyù

甲 : 說起 體育 運動，有 幾件 事我 印象 深刻。
Jiǎ : Shuōqi tǐyù yùndòng, yǒu jǐ jiàn shì wǒ yìnxiàng shēnkè.

乙 : 什麼 事啊？說 來 聽聽。
Yǐ : Shénme shì a? Shuōlai tīngting.

甲 : 上 小學[1]的 時候，在 一 次 校運會 上， 看
Jiǎ : Shàng xiǎoxué de shíhou, zài yí cì xiàoyùnhuì shang, kàn-

見 一 個 低年級 的 小 女生 ， 剛 起跑 不久 就
jian yí ge dīniánjí de xiǎo nǚshēng, gāng qǐpǎo bùjiǔ jiù

摔倒 了，別的 參賽者 都 衝到 前面 很
shuāidǎo le, bié de cānsàizhě dōu chōngdào qiánmian hěn

遠，我 以為 她 一定 會 離開 跑道，退出 比賽。
yuǎn, wǒ yǐwéi tā yídìng huì líkāi pǎodào, tuìchū bǐsài.

沒 想到 她 掙扎着 爬 起來，堅持 跑到了
Méi xiǎngdào tā zhēngzházhe pá qilai, jiānchí pǎodàole

終 點。雖然 沒 能 進入 決賽，但 她 在 我 心
zhōngdiǎn. Suīrán méi néng jìnrù juésài, dàn tā zài wǒ xīn

中 是 最 棒 的。
zhōng shì zuì bàng de.

乙 : 對！這 就是 體育 精神。不 光 要 力爭 上
Yǐ : Duì! Zhè jiùshì tǐyù jīngshen. Bùguāng yào lìzhēng-shàng

游，還 必須 堅持 到底，永 不 放棄。
yóu, hái bìxū jiānchí dàodǐ, yǒng bú fàngqì.

甲 : 上 中學 的 時候，到 我 自己 體會 這 種
Jiǎ : Shàng zhōngxué de shíhou, dào wǒ zìjǐ tǐhuì zhèi zhǒng

---

1. "上小學" 就是 讀小學，問 小孩兒 "上學" 沒有，就是 問他 進學校讀
書了 沒有，沒機會讀書 的人 可以 說他們 沒上過學。"上學" 不僅僅是
廣州話中 "返學" 的意思。

jīngshen le .
精 神 了。

乙 Yǐ：Zěnme huí shì a ? Méi tīng nǐ tíqǐ guo .
乙：怎麼 回 事 啊？沒 聽 你 提起 過。

甲 Jiǎ：Běijīng de gōnggòng yóuyǒngchí fēn shēn shuǐchí gēn qiǎn shuǐ-
甲：北京 的 公 共 游 泳 池 分 深 水 池 跟 淺 水

chí liǎng zhǒng , yìbānrén zhǐ néng zài qiǎn shuǐchí li " zhǔ
池 兩 種 ， 一般人 只 能 在 淺 水 池 裏 " 煮

jiǎozi " , zhǐyǒu tōngguò cè shì , néng yóu èrbǎi mǐ de
餃子¹" ，只有 通過 測試， 能 游 200 米 的

rén , cái kěyǐ píng hégépáir jìnrù shēn shuǐchí . Dāngshí ,
人，才 可以 憑 合格牌兒 進入 深 水 池。 當 時，

wǒ de yí wèi hǎo péngyou sǒngyǒng wǒ " kǎo páir " . Cè shì
我 的 一位 好 朋 友 慫 恿 我 " 考 牌兒 "。測試

shí , tā yìzhí zài wǒ pángbiānr péizhe wǒ yóu , búduàn gǔlì
時，她 一直 在 我 旁邊兒 陪着 我 游，不 斷 鼓勵

wǒ , gěi wǒ jiā yóur . Zuìhòu , lián wǒ zìjǐ yě xiǎngbudào ,
我，給 我 加油兒。最後， 連 我 自己 也 想 不 到，

zhīqián zhǐ néng yóu èrshíwǔ mǐ de wǒ , jūrán tōngguòle shēn
之 前 只 能 游 25 米 的 我，居然 通 過了 深

shuǐchí cè shì .
水 池 測試。

乙 Yǐ：Chúle nǐ zìjǐ jiānchí zhīwài , zhùrén- wéilè de péngyou yě
乙：除了 你 自 己 堅 持 之外，助人 為樂 的 朋 友 也

gōngbù kě mò .
功 不 可 沒²。

甲 Jiǎ：Nà dāngrán , yàobù wǒ dào xiànzài hái jìzhe tā . Lìng yí jiàn
甲：那 當 然，要不 我 到 現在 還 記着 她。另 一 件

---

1. "餃子"兩個字的原調都是第三聲，但"餃"不變讀第二聲，因為"餃
   子"的"子"是詞尾，讀輕聲，所以前一個字維持原調。

2. "沒"是多音字，在"沒有"中讀 méi，表示下沉的或淹過的意思時
   讀 mò，如沉沒、沒頂、功不可沒。

shì fāshēng zài lái Xiānggǎng yǐ hòu, yángé shuō qilai gēn
事 發生 在 來 香 港 以後，嚴格 說 起來 跟

tǐ yù méiyǒu zhíjiē guānxi.
體育 沒有 直接 關係。

乙： Hǎo, nà nǐ jiù cóngtóur shuōqǐ ba!
好，那 你 就 從頭兒 說起 吧！

甲： Wǒ de nǚ'ér bǎ wǎngqiú pāizi sònggěile yí wèi tóngshì, jià
我 的 女兒 把 網 球 拍子 送給了 一 位 同事，價

zhí jìn qiān yuán!
值 近 千 元！

乙： Shì nǐ shěbude ba?
是 你 捨不得 吧？

甲： Duì, bìjìng nàme guì de dōngxi.
對，畢竟 那麼 貴 的 東西。

乙： Nǐ nǚ'ér zěnme shuō?
你 女兒 怎麼 說？

甲： Tā shuō nà tóngshì hěn xiǎng xué dǎ wǎngqiú, dàn jīngjì
她 說 那 同事 很 想 學 打 網球，但 經濟

tiáojiàn bú tài hǎo; ér zìjǐ ne, yǐjīng guòle nèi gǔ rè hu
條件 不太 好；而 自己 呢，已經 過了 那 股 熱乎

jìnr. Dōngxi fàngzhe yě shì fàngzhe, bù rú wùjìn qí yòng,
勁兒。東西 放着 也 是 放着，不如 物盡其用，

gěi biéren tígōng yí ge mèngxiǎng chéngzhēn de jīhuì.
給 別人 提供 一個 夢 想 成 真 的 機會。

乙： Wǒ kàn tǐng fúhé huánbǎo yuánzé de, nǐ jiù bié nàme
我 看 挺 符合 環保 原則 的，你 就 別 那麼

xiǎoqi le!
小氣 了！

甲： Ràng nǐ zhème yì shuō, wǒ xiǎngtōng le.
讓 你 這麼 一 說，我 想 通 了。

乙： Nà, zánmen dǎ yǔmáoqiú qù ba!
那，咱們 打 羽毛球 去 吧！

甲： Hǎo. Nǐ děng wǒ yí xià, wǒ qù ná qiúpāi.
好。你 等 我 一下，我 去 拿 球拍。

有關詞語 🎧 B7-2

Àolínpǐkè Yùndònghuì 奧林匹克 運 動 會		Yàyùnhuì 亞運會	jǐnbiāosài 錦 標 賽	
cáipàn 裁 判	jìlù 紀錄	Niǎocháo 鳥 巢	Shuǐlìfāng 水立方	
tiánjìngsài 田 徑賽	tiàogāo(r) 跳高（兒）	tiàoyuǎn(r) 跳遠（兒）	sàipǎo 賽 跑	
mǎlāsōng 馬拉松	biāoqiāng 標 槍	tiěbǐng 鐵 餅	qiānqiú 鉛 球	
qiúlèi 球類	wǎngqiú 網球	bǎnqiú 板 球	mǎqiú 馬球	qūgùnqiú 曲棍 球
bīngqiú 冰 球	lánqiú 籃 球	bàngqiú 棒 球	lěiqiú 壘球	gāo'ěr fū qiú 高 爾夫球
shuǐqiú 水 球	qiúpāi 球拍	qiúwǎng 球 網	tóulán 投籃	kòushā 扣 殺
wāyǒng 蛙 泳	diéyǒng 蝶泳	hǎitúnshì 海豚式	yǎngyǒng 仰 泳	cǎishuǐ 踩 水
zì yóuyǒng 自 由 泳	páyǒng 爬泳	cèyǒng 側 泳	qiányǒng 潛泳	tiàoshuǐ 跳 水
huáxuě 滑 雪	liūbīng 溜冰	bīngxié 冰 鞋	xuěqiāo 雪 橇	

練 習

一、課堂談話內容

1. 請介紹一下你最拿手的運動項目和它的比賽規則。

2. 你會游泳（騎自行車、騎馬、射擊、跳傘、滑水、打各種球）嗎？什麼時候學會的？怎樣學會的？

3. 如果讓你選擇，在運動會中你願意做運動員，還是願意做裁判、服務人員或觀眾？為什麼？

4. 你最喜歡觀看哪一種體育比賽？請為我們描述一場比賽的情景（時間、地點、比賽項目、參賽者、比賽過程及比賽結果）。

二、命題說話

以"運動與健康"為題作 2 分鐘簡短發言。

三、語音複習

［讀準變調］

ˇ ˇ	ˇ ˇ	ˇ ˇ	ˇ ˇ
1. 我想	起跑	很遠	你走

ˇ ˇ ˋ	ˇ ˇ ˉ	ˇ ˇ ˊ	ˇ ˇ ˊ
2. 有幾件	小女生	淺水池	你女兒

ˇ ˇ ˇ	ˇ ˇ ˇ ˊ ˊ
3. 你等我	我打羽毛球

四、詞語運用

下面各題中的詞語應該加"子"嗎？請把正確的圈出來。

1. 買新房子 / 買新房

2. 包餃子 / 包餃

3. 一支筆子 / 一支筆

4. 別忘了帶傘子 / 別忘了帶傘

5. 一把梳子 / 一把梳

6. 一群小雞子 / 一群小雞

Bàn　Xǐshì
辦 喜事

Huáng xiānsheng：
黃　先　生：　Jīntiān wǎnshang zhè chǎngmiàn zhēn rènao . Éi ,
今天　晚上　這　場[1]面　真　熱鬧。誒，B8-1

kàn yàngzi xīnláng 、xīnniáng liǎng　jiā(r)　de
看　樣子 新 郎、新　娘　兩　家（兒）的

qīnqi dōu tǐng shóu .
親戚　都　挺　熟。

Huáng tàitai　：
黃　太　太　：　Nǐ bù zhīdào wā ? Zhèi liǎng　jiā(r)　shì qīn
你 不 知道　哇？這　兩　家（兒）是 親

shang jiā qīn：xīnláng de jiě jie gēn xīnniáng de
上　加 親：新 郎 的 姐姐 跟　新 娘 的

gē ge shì yí　duìr , wǔ nián qián jié de hūn ,
哥哥 是 一 對兒，五 年　前　結 的 婚，

xiànzài érzi 、nǚ'ér dōu yǒu le .
現 在 兒子、女兒 都　有 了。

Huáng Yǒng yí：
黃　詠　儀：　Nà xiǎoháir dōu bù zhī zěnme jiào rén le ! Běnlái
那 小孩兒 都 不 知 怎麼 叫 人 了！本來

yīnggāi guǎn xīnláng jiào jiùjiu , guǎn xīnniáng
應 該　管　新 郎 叫 舅舅，　管　新 娘

jiào gūgu de , zhèi huí xīnláng 、xīnniáng chéngle
叫 姑姑 的，這 回 新 郎、新　娘　成了

yìjiāzi , shì bu shi gǎi jiào gū fu 、jiùmā ya ?
一家子，是 不 是 改 叫 姑父、舅媽呀？

Huáng tàitai　：
黃　太　太　：　Liǎng jiā de xiōngdì jiěmèi dōu bùshǎo , dàbó 、
兩　家 的　兄弟 姐妹 都 不少，大伯、

---

1. "場"是多音字，在"場面、廣場、場地"中讀第三聲 chǎng；在"場院、一場仗"中讀第二聲 cháng。

èrbómǔ 、 sānshū 、 sìyífu , hái zhēn děi xiǎng
二伯母、三 叔、四姨父，還 真 得 想

hǎo le zài jiào .
好了再 叫。

Huáng xiānsheng : Dào yě hǎo , xīn xífur méi guòménr jiù néng
黃 先 生： 倒 也 好，新媳婦兒 沒 過門兒 就 能

zhīdao gōnggong 、 pó po de píqi , yǐhòu yě hǎo
知道 公 公、婆婆 的 脾氣，以後 也 好

xiāngchǔ .
相 處[1]。

Huáng tàitai : Xiànzài nǎ(r) hái yǒu gēn gōnggong 、 pó po
黃 太太： 現在 哪（兒）還 有 跟 公 公、婆婆

zhù yíkuàir de ?
住 一塊兒 的？

Huáng xiānsheng : Kě yě bùyidìng . Děng yǒule háizi yòu xiǎng ràng
黃 先 生： 可 也 不一定。 等 有了 孩子 又 想 讓

yé ye 、 nǎinai huòzhě lǎoye 、 lǎolao kān le .
爺爺、奶奶 或 者 姥爺、姥姥 看 了。

Huáng tàitai : Nà dāngrán le , qīnshēng gǔròu ma , zěnme yě
黃 太太： 那 當 然 了，親生 骨肉 嘛，怎麼 也

bǐ jiāo gěi wàirén kān fàngxīn la !
比 交 給 外人 看 放心 啦！

Huáng xiānsheng : Duì le , zánmen bié guāng gùzhe liáotiān(r)
黃 先 生： 對 了，咱 們 別 光 顧着 聊天（兒）

le , hái méi guòqu gěi rénjia dào xǐ ne !
了，還 沒 過去 給 人家 道喜[2]呢！

Huáng tàitai : Dāi yíhuìr zài qù ba , rénjia zài nàr máng
黃 太太： 待 一會兒 再 去 吧，人家 在 那兒 忙

---

1. "處"是多音字，在"相處、處於、處理"這些動詞中讀 chǔ；在名詞"處所、辦事處"中讀 chù。

2. 人家有喜慶事，表示祝賀，廣州話説恭喜人家，普通話也可以説向人家道喜。

zhe zhàoxiàng na !
着 照 相 哪！

Huáng xiānsheng : Nǐ kàn zěnme hái yǒu wàiguórén yě gēn tā men
黃 先 生 ： 你 看 怎麼 還 有 外國人 也 跟 他 們

yíkuàir zhào ?
一塊兒 照？

Huáng tàitai : Xīnláng shì Měi jí Huárén , yǒu yí ge gē ge qǔ
黃 太太 ： 新 郎 是 美 籍 華人，有 一 個 哥哥 娶

de shì Měiguó tàitai , zhèi cì tè dì lái cān jiā
的 是 美國 太太，這 次 特地 來 參加

xiǎoshūzi de hūnlǐ .
小叔子 的 婚禮。

Huáng xiānsheng : Nǐ kàn nèi liǎng wèi wàiguó lǎorenjia , tāmen shì
黃 先 生 ： 你 看 那 兩 位 外國 老人家，他們 是

xīnláng de qīn qi , háishi tóngshì ?
新 郎 的 親戚，還是 同事？

Huáng tàitai : Nà shì tā gē ge de yuè fù 、yuèmǔ . Gēn nǚ'ér ,
黃 太太 ： 那 是 他 哥哥 的 岳父、岳母。跟 女兒，

yě jiùshi xīnláng de sǎozi yí kuàir lái Xiānggǎng
也 就是 新郎 的 嫂子 一塊兒 來 香港

guàngguang , tīngshuō hái dǎsuan shùndàor shàng
逛逛 ， 聽說 還 打算 順道兒 上

nèi dì wán(r)wan(r) ne !
內地 玩（兒）玩（兒）呢！

Huáng xiānsheng : Guàibude lián cài dān(r) yě shì Zhōng-Yīng
黃 先 生 ： 怪不得 連 菜單（兒） 也是 中 英

duìzhào de .
對照 的。

Huáng tàitai : Tīngshuō dāi yihuìr zhì cí yě yǒu zhuānrén bǎ
黃 太太 ： 聽說 待 一會兒 致辭 也 有 專 人 把

Zhōngguóhuà fānyì chéng Yīngyǔ ne !
中 國 話 翻譯 成 英語 呢！

Huáng xiānsheng : Xiǎng de zhēn zhōudào .
黃 先 生 ： 想 得 真 周 到。

Huáng tàitai : Yǒu jīngyàn le , búshì dì- yī cì le !
黃 太太 ： 有 經 驗 了，不是 第一 次 了！

Huáng xiānsheng : Shénme ?
黃 先 生 ： 什麼？

Huáng tàitai : Nǐ xiǎngxiang , xīnláng de gē ge qǔqīn de shí-
黃 太太 ： 你 想想 ，新 郎 的 哥哥 娶親 的 時

hou , yěshì Zhōngguórén 、wàiguórén dōu yǒu ma !
候，也是 中 國 人、外 國 人 都 有 嘛！

有關詞語 🎧 B8-2

fùqin (bàba 、diē)   mǔqin (māma 、niáng)   gēge   dìdi
父親（爸爸、爹）   母親（媽媽、 娘 ）   哥哥   弟弟

jiějie   mèimei   érzi   nǚ' ér
姐姐   妹妹   兒子   女兒

zǔ fù (yéye)   zǔ mǔ (nǎinai)   wài zǔ fù (lǎo ye 、wàigōng)
祖父（爺爺）   祖母（奶奶）   外祖父（姥爺、外 公 ）

wài zǔ mǔ (lǎolao 、wàipó)   sūnzi (nü)   wàisūn (zi 、nü)   (r)
外祖母（姥姥、外婆）   孫子（女）   外孫（子、女）（兒）

gōnggong   pó po   yuè fù   yuèmǔ   ér xí fur   nǔ xu
公 公   婆婆   岳父   岳母   兒媳婦兒   女婿

ài ren   zhàng fu   qī zi   tàitai   dà bǎi zi   xiǎoshū zi
愛人   丈 夫   妻子   太太   大伯子   小 叔子

dà (xiǎo) gū zi   dà (xiǎo) jiù zi   dà (xiǎo) yízi
大（小）姑子   大（小）舅子   大（小）姨子

bó fù (bó bo 、dà ye)   bómǔ (dàmā)   shūshu   shěnr   gū gu
伯父（伯伯、大爺）   伯母（大媽）   叔 叔   嬸兒   姑姑

gū fu   jiù jiu   jiùmā   yí   yífu
姑父   舅舅   舅媽   姨   姨父

zhí zi   zhínǔ(r)   wàisheng   wàisheng nǔ(r)
侄子   姪女（兒）   外 甥   外 甥 女（兒）

sǎo zi   dì mèi   jiě fu   mèi fu
嫂子   弟妹   姐夫   妹夫

tángxiōng (dì、jiě、mèi)　　biǎogē (dì、jiě、mèi)
堂　兄（弟、姐、妹）　　表哥（弟、姐、妹）

yì fù (mǔ、zǐ、nǚ)　　gāndiē　　gānmā　　bǎ(méng)xiōngdì
義父（母、子、女）　乾爹　　乾媽　　把（盟）兄弟

yǎngfù (mǔ、zǐ、nǚ)　　jìfù (hòudiē)　　jìmǔ (hòumā)
養　父（母、子、女）　　繼父（後爹）　　繼母（後媽）

dìnghūn　　tuìhūn　　jiéhūn　　líhūn　　zàihūn　　dānshēn
訂　婚　　退婚　　結婚　　離婚　　再婚　　單　身

pójia　　niángjia
婆家　　娘　家

練　習

一、課堂談話內容

1. 請介紹一下你的家庭成員。

2. 你去參加過朋友的婚禮或喜宴嗎？請描繪一下當時的情景。

3. 中、西式婚禮有什麼不同？

4. 你希望有一個什麼樣的丈夫（或妻子）？

二、命題說話

以"我的家庭"為題作 2 分鐘簡短發言。

三、正音練習

　［讀準 i- 介音韻母的字］

1.	niáng 娘	xīnniáng 新娘	niángjia 娘家	xiǎo gūniang 小姑娘
2.	jiā 加	jiāgōng 加工	jiājià 加價	zēngjiā 增加	qīn shàng jiā qīn 親上加親
3.	jiāo 交	jiāo gěi 交給	jiāotōng 交通	jiāowǎng 交往	wàijiāo 外交
4.	xiǎng 想	xiǎngxiang 想想	xiǎngxiàng 想像	xiǎngniàn 想念	lǐxiǎng 理想

四、詞語運用

下面的廣州話詞語用普通話怎麼說？

廣州話	普通話
外父	（　　）
家婆	（　　）
阿嫲	（　　）
姨仔	（　　）
舅父	（　　）
新抱	（　　）
擺酒	（　　）
做人情	（　　）

提示：

奶奶　岳父　婆婆　舅舅　小姨子

兒娶媳婦兒　設宴　送禮（賀禮）

Jiā Zài Xiānggǎng
家 在 香 港

B9-1

Xuān : Nǐ men liǎng wèi, yí ge shì lǎo Xiānggǎngrén, yí ge shì xīn
宣 : 你們 兩 位,一個 是 老 香 港人,一個 是 新

lái Gǎng de. Shuōshuo duì Xiānggǎng de guāngǎn.
來 港 的。說 說 對 香 港 的 觀 感。

Sūn : Duì, wǒ yǐjīng búsuàn shì xīnyímín, duì Xiānggǎng hěn yǒu guī-
孫 : 對,我 已經 不算 是 新移民,對 香 港 很 有 歸

shǔgǎn, wǒ xǐhuan Xiānggǎng, shìmín zhījiān hěn qīnqiè、yǒu
屬感,我 喜歡 香 港,市民 之間 很 親切、友

shàn, duì jiǎng Pǔtōnghuà de wàilái rénshì yě méiyǒu qí shì.
善,對 講 普通話 的 外來 人士 也 沒有 歧視。

Xú : Shì a, wǒmen jiā fù jìn de Jīn zǐ jīng Guǎngchǎng, cháng yǒu
徐 : 是 啊,我 們 家 附近 的 金紫荊 廣 場,常 有

nèi dì yóu kè guān guāng、pāizhào. Zài tā men xū yào bāng-
內地 遊客 觀 光、拍照[1]。在 他 們 需要 幫

máng de shíhou, běndìrén zǒngshì tǐng rèxīn de.
忙 的 時候,本地人 總是 挺 熱心 的。

Xuān : Wǒmen jiā zài Wàngjiǎo. Jiē shang de xíngrén chuānsuō wǎng-
宣 : 我 們 家 在 旺 角。街 上 的 行人 穿 梭 往

lái, shāngdiàn li xī xī-rǎng rǎng, dāngdìrén hé yóukè gòng-
來,商 店 裏 熙熙攘 攘,當地人 和 遊客 共

tóng biānzhī le zhèi ge liàng lì de jǐngdiǎn.
同 編織 了 這個 亮麗 的 景點。

Sūn : Wǒ zhù zài Xīnjiè. Zài wǒ men nà yí dài, jì yǒu zhèng fǔ
孫 : 我 住 在 新界。在 我 們 那 一帶,既 有 政 府

---

1. 廣州話 "影相" 普通話 就是 "照相",也 説 "拍照",拍個 全體照 留
   念 可以 説 "拍大合照" "合影" 或 "留影"。

gōngwùyuán sùshè, yòu yǒu pǔtōng shìmín zìjǐ gòumǎi de
公務員 宿舍，又 有 普通 市民 自己 購買 的

jūsuǒ, hái yǒu gōnggòng wūcūn. Dàjiā róngqià xiāngchǔ,
居所，還 有 公共 屋邨。大家 融洽 相 處，

méi shénme běngǎngrén 、wàishěngrén zhī fēn.
沒 什麼 本港人、外省人 之分。

Xú : Zài Gǎngdǎo, xīngqīrì hái yǒu hěn duō Fēilùbīn nǚyōng jùhuì
徐 ： 在 港島，星期日 還 有 很 多 菲律賓 女傭 聚會

ne !
呢！

Xuān : Jiǔlóng yě yǒu, tèbié shì Jiānshāzuǐ Mǎtou 、Xīngguāng Dàdào
宣 ： 九龍 也 有，特別 是 尖沙咀 碼頭、星 光 大道

yídài, xīngqīrì rén tèbié duō.
一帶，星期日 人 特別 多。

Sūn : Xīnjiè yě yǒu a ! Chúle Fēiyōng, hái yǒu qítā wàijí rén-
孫 ： 新界 也 有 啊！除了 菲傭，還 有 其他 外籍 人

shì, báirén 、hēirén dōu yǒu.
士，白人、黑人 都 有。

Xú : Xiānggǎng shì yí ge guójìhuà de dàdūshì, shì Yàzhōu de
徐 ： 香 港 是 一 個 國際化 的 大都[1]市，是 亞洲 的

jīnróng 、shāngyè zhōngxīn zhī yī. Quánqiú gè dì de rénmen
金融、商業 中心 之一。全球 各地 的 人們

chuānsuō wǎnglái, yì diǎnr yě bù qíguài.
穿 梭 往來，一點兒 也 不 奇怪。

Xuān : Suǒyǐ, bùguǎn wǒmen shēng zài héchù, zhǎng zài hé fāng,
宣 ： 所以，不管 我們 生 在 何處，長 在 何方，

rújīn yǒuyuán gòngjù zài Xiānggǎng, jiù dōu shì yìjiārén.
如今 有緣 共聚 在 香 港，就 都 是 一家人。

Búlùn shǐyòng něi zhǒng yǔyán, cóngshì shénme gōngzuò, dà
不論 使用 哪 種 語言，從事 什麼 工作，大

---

1. "都"是多音字，最常用的讀音是 dōu，但解作城市時讀 dū，如首
都、大都會、都市。

jiā yīnggāi qí xīn-xié lì , jiànshè hǎo Xiānggǎng .
家 應 該 齊 心 協 力，建 設 好 香 港。

Sūn : Nǐ shuō de zhēn duì ! Wèile Xiānggǎng de fánróng āndìng ,
孫 ：你 說 得 真 對！為了 香 港 的 繁 榮 安 定，

zánmen gòngtóng nǔlì ba !
咱們¹ 共 同 努 力 吧！

有關詞語 🎧 B9-2

（一）

qīngtiě	gōnggòngqìchē	chūzūqìchē	diànchē	xiǎobā
輕鐵	公共汽車	出租汽車	電車	小巴

shāndǐng lǎnchē	dùhǎixiǎolún	fēixiángchuán	fēijī
山頂纜車	渡海小輪	飛翔船	飛機

（二）

Gǎngdǎo Xiàn	Quánwān Xiàn	Guāntáng Xiàn	Jiāngjūn'àoxiàn
港島線	荃灣線	觀塘線	將軍澳線

Dōngchōng Xiàn	Jīchǎngkuàixiàn	Dōngtiě	Xī tiě
東涌線	機場快線	東鐵	西鐵

（三）

yīyuàn	zhěnsuǒ	jiànkāng zhōngxīn	jǐngshǔ	xiāofángjú
醫院	診所	健康中心	警署	消防局

shèqū huìtáng	yòu'ér zhōngxīn	ānlǎo yuànshè	túshūguǎn
社區會堂	幼兒中心	安老院舍	圖書館

zì xiūshì	yóuzhèngjú	diànyǐngyuàn	tǐyùguǎn	bówùguǎn
自修室	郵政局	電影院	體育館	博物館

---

1. "咱們"的意思就是我們，但"咱們"一般包括聽話人在內。說"咱們走"，是指大家一起走。"咱們"有時可以借指我（或你），如"咱們是個直性子，說話不會拐彎（指我）"。

練　習

一、課堂談話內容

1. 舉出香港幾個可愛之處。

2. 你同意課文中人物的觀點嗎？為什麼？

3. 你的同學或同事裏有外國人嗎？你覺得應該如何跟外國人交往？

二、命題說話

以"我居住的社區"為題，作2分鐘簡短發言。

三、正音練習

〔讀準聲調〕

1.	zhī 織	biānzhī 編織	fǎngzhī 紡織	zǔzhī 組織	zhībù 織布
	zhí 職	zhíyè 職業	zhínéng 職能	zhíyuán 職員	jiānzhí 兼職
2.	shǔ 屬	shǔyú 屬於	shǔxìng 屬性	guīshǔ 歸屬	jīnshǔ 金屬
	shú 熟	shú xi 熟悉	shúshí 熟食	miànshú 面熟	chéngshú 成熟

四、詞語運用

選出適當的量詞，填在括號裏。

[家　位　口　支　對　雙]

1. 一（　　　）夫妻　　　2. 一（　　　）人家

3. 一（　　　）手　　　　4. 一（　　　）井

5. 一（　　　）朋友　　　6. 一（　　　）軍隊

Wéixiū　　Diànqì
維修 電器

Hùzhǔ : Shīfu , qǐng jìn . Búyòng tuō xié .
戶主： 師傅，請 進。不用 脫 鞋。

Shīfu : Huài jī zài něi ge fángjiān ?
師傅： 壞 機 在 哪 個 房 間？

Hùzhǔ : Jiùshì kètīng li zhèi bù diànshì jī , shōu bu dào xùnhào .
戶主： 就是 客廳 裏 這 部 電視機，收 不 到 訊號[1]。

Shīfu : Chā diànyuán le ma ? Bá diào chāxiāo , chóngxīn chā yíxià
師傅： 插 電 源 了 嗎？拔 掉 插 銷，重 新 插 一下

shìshi , kàn xíngbuxíng .
試試，看 行 不 行。

Hùzhǔ : Shìguo le , néng tōngdiàn , diànyuándēng yě liàng , dànshì
戶主： 試過 了，能 通 電，電 源 燈 也 亮，但是

shōu bu dào xùnhào. Wǒ yǐwéi zuótiān shàngwǎng shēng-
收 不 到 訊號。我 以為 昨天 上網 升

jí 、 lā xiàn shí rě de huò , yěxǔ pèngle gōnggòng tiān-
級、 拉線 時 惹 的 禍，也許 碰了 公 共 天

xiàn . Kě dǎ diànhuà xúnwèn de dá fù shì méiyou kěnéng ,
線。可 打 電話 詢問 的 答覆 是 沒有 可能，

yīnwei bú shì tóng yí ge jīfáng .
因為 不 是 同 一 個 機房。

Shīfu : Nǐ hái yǒu bié de diànshì jī ma ? Yòng lìng yí bù diànshì jī
師傅： 你 還 有 別 的 電視機 嗎？用 另 一部 電視機

shì yí xià .
試 一下。

---

1. "訊" 在 廣州 話 跟 "信" 同音，"訊號（ xùnhào ）" 容易 跟 "信號"
（ xìnhào ）" 混淆。讀 xùn 的 字 還 有 "迅"（ 迅速 ）、"汛"（ 防汛 ），
要 注意。

戶主： Méiyǒu le , jiù zhè yí bù . Wǒ shì jiù de huài le , cái mǎi
没有 了，就 這 一 部。我 是 舊 的 壞 了，才 買

xīn de . Mǎile xīn jī , jiù de jiù mài gěi huíshōushāng ,
新 的。買了 新 機，舊 的 就 賣 給 回 收 商，

huòzhě rēngdiào .
或者 扔 掉 [1]。

師傅： Zhèi bù diànshì wánquán bù néng kàn ma ?
這 部 電視 完 全 不 能 看 嗎？

戶主： Méiyǒu wěndìng de huàmiàn , dàn shēngyīn dàoshi hěn
没有 穩定 的 畫面，但 聲音 倒是 很

qīngxī .
清晰。

師傅： Nà kěnéng shì lǐmian yǒu língjiàn huài le . Zhèi bù diànshì nǐ
那 可能 是 裏面 有 零件 壞 了。這 部 電視 你

yòng jǐ nián le ? Yǒu méiyǒu wǔ-liù nián ?
用 幾 年 了？有 没有 五六 年？

戶主： Yǒu ba , hǎojǐ nián le .
有 吧，好幾 年 了。

師傅： Kěyǐ kǎolǜ huàn yí bù , xiànzài diànshì jī de shòumìng
可以 考慮 換 一 部，現在 電視機 的 壽 命

yìbān yě jiùshì wǔ-liù nián .
一般 也 就是 五六 年。

戶主： Wǒ xiǎng mǎi chǐcun dà yì diǎnr de , nín kàn zhèi jiān wūzi
我 想 買 尺寸 大 一點兒 的，您 看 這 間 屋子

yòng sìshí cùn de xíng ma ?
用 40 吋 的 行 嗎？

師傅： Méi wèn tí , zhème dà de tīng .
没 問 題，這麼 大 的 廳。

戶主： Nǎ yí ge páizi de bǐjiào hǎo ne ? Gěi diǎnr zhuānyè
哪 一 個 牌子 的 比較 好 呢？給 點兒 專業

---

1. 表示抛棄或棄置，口語裏習慣用"扔"或"扔掉"，如"扔垃圾""把
舊的扔掉"。要注意，"扔了"不同於"掉了（落在地上）"或"丟了（遺失
了）"。

yìjiàn .
意見。

Shī fu : Xiànzài de diànshì jī chà bu duō dōu shì Zhōngguó nèi dì zǔ-
師傅 : 現 在 的 電視機 差不多 都 是 中 國 內地 組

zhuāng de , shénme páizi dōu méiyǒu tài dà qūbié . Nǐ bù-
裝 的，什麼 牌子 都 沒有 太 大 區別。你 不

fáng dào diànqìpù qù kànkan xǐhuan nǎ yi zhǒng .
妨 到 電器舖 去 看看 喜歡 哪一 種 。

Hùzhǔ : Shòuhuòyuán shuō , chúle huàmiàn 、 shēngyīn zhīwài , yě
戶主 : 售貨員 說，除了 畫 面 、 聲音 之外，也

yào kǎolǜ liánjiē qítā zhuāngzhì de jiētóu .
要 考慮 連接 其他 裝 置 的 接頭。

Shī fu : Duì , yě yào kǎolǜ zhèi ge yīnsù . Búguò , jiētóu liánjiē yě
師傅 : 對，也 要 考慮 這 個 因素。不過，接頭 連接 也

yǒu fǔzhù zhuāngzhì kěyǐ xuǎngòu .
有 輔助 裝 置 可以 選購。

Hùzhǔ : Ràng nín zhème yì shuō , wǒ jiù méi nàme shāng nǎo jīn
戶主 : 讓 您 這麼 一 說，我 就 沒 那麼 傷 腦筋

le . Zhēn shì nán zhě bú huì , huì zhě bù nán na !
了。 真 是 難 者 不會，會 者 不 難 哪！

Shī fu : Nà nǐ zhèi bù diànshì hái xiū bu xiū ?
師傅 : 那 你 這部 電視 還 修 不 修[1] ？

Hùzhǔ : Xiān bù xiū le , ràng wǒ kǎo lǜ yí xià ba ! Wǒ qù diànqìpù
戶主 : 先 不 修 了，讓 我 考慮 一下 吧！我 去 電器舖

kàn yí xià xīn jī , kuǎnshì gēn jiàqian yàoshi méiyǒu héshì
看 一下 新 機，款式 跟 價錢 要是 沒有 合適

de , wǒ zài zhǎo nín jiǎnchá .
的，我 再 找 您 檢查。

Shī fu : Hǎo , xiān zhèiyàng ba !
師傅 : 好，先 這 樣 吧！

---

1. "修"就是"修理"，口語裏往往單說"修"，相當於廣州話説"整"，
"整唔整"就是"修不修"。

Hùzhǔ ： Xièxie nín，zàijiàn！
戶主 ： 謝謝 您，再見！

有關詞語 B10-2

wúxiàn	Guóyǔpiānr	yìshù	lù xiàng (yǐng)	jī	wèixīng zhuǎnbō
無線	國語片兒	藝術	錄像（影）機	衛星	轉播

wǔdǎo　dònghuà （kǎtōng）　diànzǐ gǎnyìng xuǎntái
舞蹈　動畫（卡通）　電子 感應 選台

jiānzhì　biānjù　biāndǎo　dǎoyǎn　yǎnyuán　tèyuē　wǔshù zhǐdǎo
監製　編劇　編導　導演　演員　特約　武術 指導

chāxiāo　huàtǒng
插銷　話筒

shāngbiāo　páizi　Rìlì　Lèshēng　Shēngbǎo　Dōngzhī　Fēilìpǔ
商標　牌子　日立　樂聲　聲寶　東芝　菲利浦

Sānxīng　diànbīngxiāng　wēibōlú　xǐyījī　shùmǎ xiàngjī
三星　電冰箱　微波爐　洗衣機　數碼 相機

gāoqīng jiěmǎqì　jiātíng yǐngyuàn
高清 解碼器　家庭 影院

練　習

一、課堂談話內容

1. 你喜歡哪些電視節目？為什麼？

2. 你最欣賞哪一個演員？最喜歡他演的哪一個角色？

3. 談談你的家庭和朋友。

4. 你理想中的男朋友（或女朋友、丈夫、妻子）要具備哪些美德？

二、角色扮演

角色：（1）住客 （2）維修師傅

情境：家裏電器用品發生故障，請師傅上門修理，兩人就修理電器的事進行對話。

三、正音練習

〔讀準 h 和 k 聲母的字〕

1.	huài 壞	huài le 壞了	huàirén 壞人	pòhuài 破壞
	huò 禍	rě huò 惹禍	zāihuò 災禍	huòhai 禍害
	huān 歡	huān lè 歡樂	huānhū 歡呼	xǐ huan 喜歡
2.	kǎo 考	kǎolù 考慮	kǎoshì 考試	yìngkǎo 應考
	kuǎn 款	kuǎnshì 款式	kuǎndài 款待	fù kuǎn 付款

四、詞語運用

下面的廣州話詞語用普通話怎麼說？

廣州話	普通話
插蘇	（　　　）
電掣	（　　　）
轉台	（　　　）
整唔好	（　　　）
焗爐	（　　　）
錄影	（　　　）
燈膽	（　　　）
光碟	（　　　）

提示：

燈泡　插銷　開關　烤爐　光盤　換頻道

修不好　錄像（攝錄）

第十一課 我的煩惱——談談社會公德

Wǒ De Fánnǎo — Tántan Shèhuì Gōngdé

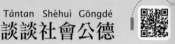

B11-1

Wēn：Hǎo jiǔ méi jiàn le, jìn lái zěnmeyàng?
溫：好久沒見了，近來怎麼樣？

Yǐn：Ài! Zuìjìn yǒu jiàn shì, zhēn jiào rén xīnfán.
尹：唉！最近有件事，真叫人心煩。

Wēn：Yàoshi qián bú gòu yòng, wǒ xiān jiè gěi nǐ; rú guǒ tài máng
溫：要是錢不夠用，我先借給你；如果太忙

de huà, zhǐyào wǒ néng zuò de, kàn néng bu néng bāngbang
的話，只要我能做的，看能不能幫幫

nǐ.
你。

Yǐn：Jiǎ rú rénrén dōu xiàng nǐ zhème tì biéren zhuóxiǎng jiù hǎo
尹：假如人人都像你這麼替別人着想就好

le!
了！

Wēn：Nà nǐ dàodǐ yùshang shénme shìr le?
溫：那你到底遇上什麼事兒了？

Yǐn：Lóu shàng de kōngtiáo dī shuǐ, dīngdīng dōngdōng, chǎo
尹：樓上的空調滴水，叮叮咚咚，吵

de rén zhěng yè shuìbuhǎo, báitiān gàn shénme dōu méi jīng
得人整夜睡不好，白天幹什麼都沒精

shen.
神。

Wēn：Nà hái bù jiǎndān, shàngqu gēn tā shuō yi shēng jiù xíng le
溫：那還不簡單，上去跟他說一聲就行了

ma!
嘛！

Yǐn：Jǐ shí céng de dàshà, nǐ zhīdao shì nǎ yì jiā de kōngtiáo?
尹：幾十層的大廈[1]，你知道是哪一家的空調？

---

1. "大廈"的"廈（shà）"不同於"夏天"的"夏（xià）"。"廈"是
多音字，在"廈門"中就讀 xià。

Kěnéng hái bùzhǐ yì jiā ne! Zàishuō, dàjiā dōu shì línju,
可能 還 不止 一家 呢!再說,大家 都 是 鄰居,

hái pǎo shangqu gēn rénjia chǎojià ya!
還 跑 上 去 跟 人家 吵架 呀!

Wēn：Nà jiù gēn guǎnlǐchù fǎnyìng yí xià, kàn zěnme jiějué.
溫：那 就 跟 管理處 反映 一下,看 怎麼 解決。

Yǐn：Xīn gài de lóufáng jiù méi zhèi ge wèntí, zhuānmén shèjìle
尹：新 蓋[1] 的 樓房 就 沒 這 個 問題,專 門 設計了

zhuāng kōngtiáo de dìfang.
裝 空調 的 地方。

Wēn：Qíshí yàoshi rénrén yǒu gōngdéxīn, zhù shénme fángzi dōu bú
溫：其實 要是 人人 有 公德心,住 什麼 房子 都 不

yàojǐn. Yàoshi méiyǒu gōngdéxīn, bié de fāngmiàn yě huì chū
要緊。要是 沒有 公德心,別 的 方 面 也 會 出

wèntí. Hái yǒu, kōngtiáo dī shuǐ shì fànfǎ de.
問題。還 有,空 調 滴 水 是 犯法 的。

Yǐn：Wǒ gāng cóng Běijīng lái shí, qīnqi jiù zhǔfu wǒ, qiānwàn bú
尹：我 剛 從 北京 來 時,親戚 就 囑咐 我,千 萬 不

yào suídì tǔ tán. Wǒ shuō, nǐmen fàngxīn, wǒ méi nèi ge
要 隨地 吐[2] 痰。我 說,你們 放心,我 沒 那個

xíguàn. Zàishuō, zài Běijīng yě bù néng suídì tǔ tán na!
習慣。再說,在 北京 也 不 能 隨地 吐 痰 哪!

Wēn：Shǐyòng gōnggòng shèshī yào zūnshǒu zhìxù, yào àihù gōng-
溫：使用 公 共 設施 要 遵守 秩序,要 愛護 公

gòng cáiwù, zhè dōu shì zánmen cóngxiǎo jiēshòu de jiàoyù.
共 財物,這 都 是 咱們 從 小 接受 的 教育。

Zhèxiē fāngmiàn dào méi shénme tài dà wèntí.
這些 方 面 倒 沒 什麼 太大 問題。

---

1. "蓋樓房"也可以説"建樓房",口語多用"蓋",但不能説"起樓"
   或"起樓房",那是廣州話的説法。

2. "吐"是多音字,在"吐痰""吐露""吐"字中讀 tǔ;不自主地從嘴
   裏涌出,如"嘔吐""吐血",讀 tù。

尹 : Yǐn : Nà nǐ juéde něixiē fāngmiàn yǒu wèntí ne?
那 你 覺得 哪些 方面 有 問題 呢?

溫 : Wēn : Bǐrú zài gōnggòng qìchē shang hěn dàshēng de gēn rén tōng
比如 在 公 共 汽車 上 很 大聲 地 跟 人 通

diànhuà, shènzhì zhǐshǒu-huàjiǎo, pèngdào línzuò de chéng-
電話, 甚至 指手 畫腳, 碰 到 鄰座 的 乘

kè.
客。

尹 : Yǐn : Hái yǒu jiāzhǎng zài diànyǐngyuàn li kàn diànyǐng de shíhou,
還有 家長 在 電影院 裏 看 電影 的 時候,

búduàn gěi pángbiānr de háizi jiǎngjiě jùqíng, yì diǎnr yě
不斷 給 旁邊(兒) 的 孩子 講解 劇情,一點兒 也

bú gù jí qítā guānzhòng de gǎnshòu.
不 顧及 其他 觀 眾 的 感受。

溫 : Wēn : Tīng yǎnchànghuì shí, jǔqǐ lùxiàngjī lùxiàng de yě lǚ jiàn-
聽 演 唱 會 時,舉起 錄像機 錄像 的 也 屢見

bùxiān na! Wánquán bù lǐ zǔ'ài le biéren de shìxiàn. Zài
不鮮 哪!完全 不理 阻礙 了 別人 的 視線。再

shuō, zhè yě shì fànfǎ de.
說,這 也是 犯法 的。

尹 : Yǐn : Hái yǒu, zuò gōngjiāochē shí qiǎng zuòwèi, shènzhì míngmíng
還有,坐 公交車 時 搶 座位,甚至 明 明

zuò zài wèi yǒu xūyào chéngkè shè de zhuānzuòr shang, yě
坐 在 為 有 需要 乘客 設 的 專座兒 上 ,也

bù kěn zhàn qilai ràngzuòr gěi lǎo、ruò、bìng、cán rénshì.
不肯 站 起來 讓座兒 給 老、弱、病、殘 人士。

溫 : Wēn : Wǒ hái jiànguo yǒu rén zhāi gōngyuán li de huār, chuǎngjìn
我 還見過 有人 摘 公園 裏 的 花兒,闖 進

jìnzhǐ rù nèi de cǎodì zhàoxiàng …
禁止 入內 的 草地 照 相 ……

尹 : Yǐn : Dào nèidì lǚyóu shí, wǒ hái zài jǐngdiǎn jiànguo "túyā"
到 內地 旅遊 時,我 還在 景點 見過 "塗鴉"

ne! Shénme "Sūn Wùkōng dào cǐ yì yóu". Zài Xiānggǎng
呢!什麼 "孫 悟空 到 此 一 遊"。在 香 港

dàoshì bǐjiào shǎojiàn . Hái suàn zìjué ba !
倒是 比較 少 見。還 算 自覺 吧！

Wēn : Shuō qilai shèhuì gōngdé zhēnshi zhǔyào děi kào zìjué zūn-
溫 ： 說 起來 社會 公德 真 是 主要 得 靠 自覺 遵

shǒu . Zuò yí jiàn shì de shíhou , bù néng zhǐ cóng zìjǐ gè-
守。做 一 件 事 的 時候，不 能 只 從 自己 個

rén kǎolǜ , yào gùjí duì qí tā rén de yǐngxiǎng .
人 考慮，要 顧及 對 其他 人 的 影 響。

Yǐn : Nǐ shuō de duì ! Jiù cóng zánmen zìjǐ zuò qǐ ba !
尹 ： 你 說 得 對！就 從 咱們 自己 做 起 吧！

有關詞語 ◖B11-2◗

（一）

zìlǜ	zìzūn	zìzhòng	zìzhì	zìyuàn	zìyóu
自律	自尊	自重	自制	自願	自由

（二）

kāixīn / shāngxīn
開心 / 傷 心

gāoxìng / shēngqì nánguò
高 興 / 生氣 難 過

kuàilè / tòngkǔ
快樂 / 痛苦

xǐyuè / bēi'āi
喜悅 / 悲哀

jīdòng / píngjìng
激動 / 平 靜

zhēnchéng / xūwěi
真 誠 / 虛偽

zhōnghòu chéngshí / jiǎohuá
忠 厚 誠 實 / 狡猾

rèqíng qīnqiè / lěngdàn
熱情 親切 / 冷 淡

qiānxū / jiāo'ào
謙 虛 / 驕傲

wēnróu hé'ǎi / cūbào
溫 柔 和藹 / 粗暴

（三）

jiěshì
解釋

fēnbiàn
分 辯

liàngjiě
諒解

yuánliàng
原 諒

tíchàng
提倡

hàozhào
號 召

練　習

一、課堂談話內容

1. 課文中提到哪些不符合社會公德的行為？

2. 你同意課文中兩位談話者的觀點嗎？為什麼？

3. 你見過哪些有關社會公德方面的好事跟壞事？

4. 你有什麼煩惱嗎？說說讓你開心或者不開心的事情。

5. 當你有煩惱時會怎麼做？

二、角色扮演

〔活動一〕

角色：（1）樓上住客　　（2）樓下住客

　　　　（3）管理處工作人員

情境：就空調滴水一事進行對話。

〔活動二〕

角色：（1）遊客　　　　（2）公園管理人員

情境：就勸阻擅入草地拍照一事進行對話。

〔活動三〕

角色：（1）公車乘客一　　（2）公車乘客二

情境：乘客一在高聲打電話，乘客二進行勸阻。

三、正音練習

[讀準 r 聲母的字]

1.	ruò 弱	ruòzhě 弱者	ruòxiǎo 弱小	shuāiruò 衰弱	wēiruò 微弱	lǎo-ruò-bìng-cán 老弱病殘
2.	rù 入	rù nèi 入內	rùxuǎn 入選	jiā rù 加入	tóurù 投入	chūrùjìng 出入境

四、詞語運用

選出適當的量詞，填在括號裏。

[片　輛　部　朵　座　件]

1. 一（　　）花　　　　2. 一（　　）大廈

3. 一（　　）汽車　　　4. 一（　　）草地

5. 一（　　）電影　　　6. 一（　　）事

Niánxiāo　Huāshì
年宵 花市

B12-1

Jiě：　Wèi，něi wèi yā？Zhème wǎn dǎ diànhuà，yǒu shénme yàojǐn
姐：　喂，哪 位 呀？這麼 晚 打 電 話，有 什麼 要緊

shì a？
事 啊？

Dì：　Èrjiě，shì wǒ ya，Běijīng cháng tú．Jiù děng shí'èr diǎn dào
弟：　二姐，是 我 呀，北京　長 途。就 等 十二 點 倒

shǔ wán，gěi nǐ bàinián na！Nǐ tīngting wàibianr zhè biān-
數 完，給 你 拜年 哪！你 聽聽 外邊兒 這　鞭

pào，xiǎng de duō huān na！
炮，響 得 多 歡 哪！

Jiě：　Běijīng kěyǐ fàng pàozhang a？
姐：　北京 可以 放 炮仗 啊？

Dì：　Wǒmen zhè xiǎo qū　zài wǔhuán，lí shìzhōngxīn yuǎn，dà
弟：　我 們 這 小 區¹ 在 五 環，離 市 中 心 遠，大

guònián de fàng yí zhèn，yě méi guǎn de nàme yán．Éi，
過 年 的 放 一 陣，也 沒 管 得 那麼 嚴。誒，

xiàwǔ gěi nǐ dǎ diànhuà，zěnme méi rén jiē ya？Shàng kè qu
下午 給 你 打 電話，怎麼 沒 人 接 呀？上 課 去

le ma？
了 嗎？

Jiě：　Dà chúxī de hái shàng kè？Wǒ yě méiyǒu nàme máng．Wǒ
姐：　大 除夕 的 還　上 課？我 也 沒有 那麼 忙 。我

gēn péngyou guàng niánxiāo huāshì qu le．
跟 朋 友 逛　年 宵 花市 去了。

---

1. "小區" 的 意思，是 相對 獨立 的 大片 居民 住宅，常見 的 用法，相當 於
香港人 説 的 "屋邨"。

弟：Dì : Nǐ mǎi shénme huār la?
弟：你 買 什麼 花兒 啦？

姐：Jiě : Xiānggǎng de niánxiāo huāshì, qíshí bùguāng mài xiānhuā.
姐：香 港 的 年 宵 花市，其實 不 光 賣 鮮花。

Shípǐn、wánjù、jiātíng yòngpǐn shénmede, dōu yǒu mài de,
食品、玩具、家庭 用 品 什麼的，都 有 賣 的，

yǒudiǎnr xiàng Běijīng de miàohuì.
有點兒 像 北京 的 廟會。

弟：Dì : Shuōqǐ miàohuì, nǐ hái jìde ma? Zánmen xiǎoshíhou guò-
弟：說起 廟會，你 還 記得 嗎？咱們 小時候 過

nián, nián sānshír wǎnshang zhěng xiǔ dōu bú shuìjiào. Chīwán
年，年 三十兒 晚上 整 宿 都 不 睡覺。吃完

tuánniánfàn yǐhòu, tāmen dàren bāo jiǎozi¹、kè guāzǐr¹、
團年飯 以後，他們 大人 包 餃子¹、嗑 瓜子兒¹、

liáotiānr; zánmen zhèi bāng xiǎoháir jiù zài hútòngr² li
聊天兒；咱 們 這 幫 小孩兒 就 在 胡同²兒 裏

fàng huā、fàng pàozhang. Dào dànián chū yī zǎoshang, yòu
放 花、放 炮仗。到 大 年 初一 早 上，又

názhe yāsuìqián, xìnggāo-cǎiliè de qù guàng chǎngdiànr. Chī
拿着 壓歲 錢，興 高 采烈 地 去 逛 廠甸兒。吃

bàodǔr、dòufu nǎor; mǎi fēngchēr、dà tánghúlur; kàn lǎo
爆肚兒、豆腐腦兒；買 風車兒、大 糖葫蘆兒；看 老

yìrén niē miànrénr …
藝人 捏 麵人兒……

姐：Jiě : Zěnme huì bú jìde! Nà fènr xǐqìng、nà fènr hónghuo,
姐：怎麼 會 不 記得！那 份兒 喜慶、那 份兒 紅 火，

yí bèizi dōu nán wàngjì. Qíshí, zài Xiānggǎng guàng nián-
一輩子 都 難 忘記。其實，在 香 港 逛 年

1. 帶"子"的詞語大部分都是輕聲詞，"子"的意思較虛，如"餃子"；
   而"瓜子"是藏在瓜裏面的種子，"子"不讀輕聲，也可以加"兒"，
   說成"瓜子兒（guāzǐr）"。

2. "胡同"是北方對小巷的通稱，相當於香港"xx 徑""xx 里"。要注
   意，"同"讀第四聲或輕聲。

xiāo huāshì , wǒ zhǔyào yě shì wèile qù gǎnshòu nèi zhǒng qì-
宵 花市，我 主要 也 是 為了 去 感 受 那 種 氣

fēn , xiǎngshòu nèi zhǒng guònián de huānlè .
氛，享 受 那 種 過年 的 歡樂。

弟： Shuō de shì a！Xiànzài lǎobǎixìng wùzhì shēnghuó shuǐpíng
說 得 是 啊！現在 老百姓 物質 生 活 水平

tí gāo le , duì jīngshén shēnghuó fāngmiàn yě yǒu le gèng
提高 了，對 精 神 生 活 方 面 也 有 了 更

gāo de yāoqiú .
高 的 要求。

姐： Nǐ kàn zánmen yuè chě yuè yuǎn le , wǒ hái méi gěi nǐ bài
你 看 咱們 越 扯 越 遠 了，我 還 沒 給 你 拜

nián ne！Zhù nǐ quán jiā xīnchūn kuàilè 、lǎoshào píng'ān！
年 呢！祝 你 全 家 新春 快樂、老少 平安！

弟： Xièxie！Wǒ yě zhù nǐ héfǔ shēntǐ jiànkāng 、xīnqíng
謝謝！我 也 祝 你 闔府 身體 健康、心情

shūchàng！
舒暢！

姐： Xièxie nǐ de zhùfú！Wèi , wèi , xiān bié guà , zhèr hái yǒu
謝謝 你 的 祝福！喂，喂，先 別 掛，這兒 還 有

jǐ ge xiǎozìbèir de , páiduì děngzhe gěi nǐ bàinián na , dōu
幾 個 小字輩兒 的，排隊 等着 給 你 拜年 哪，都

xiǎng tīngting dà jiù chúnzhèng de Běijīngyīn Pǔtōnghuà .
想 聽聽 大舅 純 正 的 北京音 普通話。

有關詞語 🎧B12-2

(一)

chúxī	hóngbāor	biānpào	chūnliánr	huīchūn	májiàng
除夕	紅包兒	鞭炮	春聯兒	揮 春	麻將

páijiǔ	shǎizi	pū kè	qiáopái	jiǎozi	xiànr	jiānduī
牌九	色子	撲克	橋牌	餃子	餡兒	煎 堆

luóbogāo　　bābǎofàn
蘿蔔糕　　八寶飯

xīnnián jìnbù　　gōnghè xīn xǐ　　gōng xǐ fā cái　　wàngshì shèng yì
新 年 進步　　恭賀 新 禧　　恭 喜 發財　　萬 事 勝 意

xiàokǒuchángkāi　　yì tuán hé qì　　chū rù píng'ān　　dàjí dàlì
笑口 常開　　一 團 和氣　　出入 平 安　　大吉 大利

shēngyi xīnglóng　　kāigōng dà jí　　fánróng āndìng　　jíxiáng rúyì
生意 興 隆　　開工 大吉　　繁 榮 安定　　吉祥 如意

lóngmǎ-jīngshén　　fēngshēng shuǐ qǐ　　tiānfú tiānshòu　　suíxīnsuǒyù
龍 馬 精 神　　風 生 水起　　添福 添 壽　　隨心 所 欲

（二）

méi lán jú zhú táo xìng hé sōng bǎi
梅 蘭 菊 竹 桃 杏 荷 松 柏

mǔdan　　diàozhōng　　yáng zǐ jīng　　dùjuān　　jiànlán　　shuǐxiān
牡 丹　　吊 鐘　　洋 紫荊　　杜 鵑　　劍 蘭　　水 仙

jú　　huābāo　　huābàn　　huā 'è　　huāruǐ
橘(桔)　　花 苞　　花 瓣　　花 萼　　花 蕊

fēnfāng　　qīngxiāng　　nóngyù　　jiébái　　jīnhuáng　　cuì lǜ
芬 芳　　清 香　　濃 郁　　潔白　　金 黃　　翠綠

xiù qi　　tǐngbá
秀 氣　　挺 拔

練　習

一、課堂談話內容

1. 你在新春期間會參加哪些活動？

2. 講一件過年時你覺得最有趣的事兒。

3. 過年時你會送禮物給親友嗎？送給什麼人？送些什麼禮物？

4. 談談香港的年宵市場。

5. 在過去的一年裏，你認為自己最大的收穫是什麼？對未來的一年有什麼打算？

二、說話活動

模擬拜年或電話拜年的情景，跟親戚朋友寒暄一番。

三、語音複習

1. 朗讀下列詞語，注意讀好兒化韻（注音為詞語的實際讀音）。

（1）爆肚兒（bàodǔr）

（2）豆腐腦兒（dòufunǎor）

（3）風車兒（fēngchēr）

（4）麵人兒（miànrér）

（5）小孩兒（xiǎohár）

（6）小字輩兒（xiǎozìbèr）

2. 朗讀下列童謠，注意讀好兒化詞語。

那邊兒來個小女孩兒，她的名字叫小蘭兒。

梳小辮兒，紅臉蛋兒，兜兒裏裝着倆小錢兒。

買了一個小飯碗兒，好玩兒好玩兒真好玩兒。

紅花兒綠葉兒鑲金邊兒，中間兒有個小紅點兒。

四、詞語運用

下面的廣州話詞語用普通話怎麼說？

廣州話	普通話
利是	（　　）
行年宵	（　　）
睇戲	（　　）
爆棚	（　　）
西片	（　　）
呢套片唔收得	（　　）
打邊爐	（　　）
打麻雀	（　　）

提示：

逛花市　看電影　吃火鍋　打麻將　紅包（兒）　滿座

外國片　這部電影不賣座（兒）（這套片子不叫座兒）

Yuǎnfāng　Láixìn
遠方 來信

Chī de kāixīn Yǐnshí Jítuán fùzérén：
吃得開心 飲食 集團 負責人：

Nín hǎo！
您 好！

Wǒmen shì Fújiàn Shěng de chánóng，xiě zhèi fēng xìn gěi nín shì
我 們 是 福建 省 的 茶 農，寫 這 封 信 給 您 是

wèi le biǎodá duì guì jítuán de gǎnxiè，bìng biǎoyáng nǐmen qíxià jī-
為了 表 達 對 貴 集團 的 感謝，並 表 揚 你們 旗下 機

gòu de liǎng wèi yuángōng：Xīnjiǔlóng Kuàicāndiàn de Léi Xuéfēng zhǔ-
構 的 兩 位 員 工：新九龍 快餐店 的 雷 學 鋒 主

guǎn、qiántái zǔzhǎng Lǐ Zhū nǚshì.
管 、前 台 組 長 李 珠 女士。

Yóuyú shàng yí jì de shōucheng bú cuò，wǒmen qùnián de
由 於 上 一 季 的 收 成 不 錯，我 們 去 年 的

shōurù yǒu hěn dà zēngzhǎng. Yúshì zuìjìn cānjiāle xiàn li zǔzhī de
收 入 有 很 大 增 長 。於是 最近 參加了 縣 裏 組織 的

lǚxíngtuán，dào Xiānggǎng yì yóu.
旅行 團，到 香 港 一 遊。

Wǒmen zài Xiānggǎng chúle dào Shāndǐng、Jiānshāzuǐ děng chù
我 們 在 香 港 除了 到 山 頂、尖 沙 咀 等 處

yóulǎn wài，zhǔyào shì dào dà shāngchǎng guānguāng、gòuwù. Zǎo
遊 覽 外，主 要 是 到 大 商 場 觀 光 、購 物。早

jiù tīngshuō Xiānggǎng shì gòuwù tiāntáng，xīn xiǎng jiùsuàn bù mǎi
就 聽 說 香 港 是 購 物 天 堂，心 想 就算 不 買

duōshao dōngxi，yě děi kāikai yǎn.
多 少 東西，也 得 開開 眼[1]。

---

1. "開開眼"就是廣州話說的"開下眼界"。動詞重疊使用在普通話裏
很普遍，如"逛逛""嚐嚐""聊聊天兒"。

由於我們旅行團是半自助性質，不包伙食費，所以大家多半兒是相約到景點附近的快餐店吃飯。上個月28號（星期日），我們到新九龍廣場的新九龍快餐店吃午飯。當時店裏有很多食客，找不到空桌子，大家便決定分散進餐。先把大包兒小包兒分別擺放在不同餐桌的空位子上，買到飯菜後再端過去吃。

該店的套餐很不錯，價錢不貴，分量也夠多。我們離開時挺滿意。誰知回到旅遊車上一檢查，才發現少了一個手提的小紙袋[1]。裏面裝着剛買的一部手機，準備送給考上大學的兒子當獎品。當時心想，沒準兒[2]是在快餐店佔位子時掉在地上了。就趕快下車回快餐店尋找。其實也沒抱多大希望。

讓人欣慰的是，當我們到達快餐店時，

---

1. 布做的、皮做的和衣服上的"袋"，都可叫作口袋，衣服的口袋也叫"（衣）兜兒"。

2. "沒準兒"是普通話口語常用説法，意思是"説不定""不一定"。

gāi diàn de Léi zhǔguǎn yě zhèngzài xúnzhǎo shīzhǔ . Yuánlái qiántái
該 店 的 雷 主 管 也 正 在 尋 找 失 主。 原 來 前 台

zǔ zhǎng xúnshì shí , fāxiàn dì shang yǒu ge méi rén lǐ de zhǐdài ,
組 長 巡 視 時，發 現 地 上 有 個 沒 人 理 的 紙 袋，

jiù jiǎn qi lai jiāo gěile zhǔguǎn . Xiànzài zhōngyú wùguīyuánzhǔ le .
就 撿 起 來 交 給 了 主 管。 現 在 終 於 物 歸 原 主 了。

Wèile biǎoshì gǎnxiè , wǒmen tāochū yì bǎi yuán , yìng yào sāi gěi tā
為 了 表 示 感 謝，我 們 掏 出 一 百 元， 硬 要 塞[1] 給 他

men , dànshì tāmen liǎng wèi zěnme yě bù kěn shōu , shuō zhǐshì zuò
們，但 是 他 們 兩 位 怎 麼 也 不 肯 收， 說 只 是 做

le yīnggāi zuò de shì .
了 應 該 做 的 事。

Huídào jiā li , wǒmen hái lǎo shì xiǎngzhe zhèi jiàn shì , jué de
回 到 家 裏，我 們 還 老 是 想 着 這 件 事，覺 得

yīnggāi gǎnxiè nǐmen péiyǎng chū zhèiyàng de hǎo yuángōng . Yǒu rén
應 該 感 謝 你 們 培 養 出 這 樣 的 好 員 工。有 人

tí yì , bù rú jì diǎnr cháyè gěi nǐmen , qǐng nǐmen hēchá , biǎodá
提 議，不 如 寄 點 兒 茶 葉 給 你 們，請 你 們 喝 茶，表 達

zhèi fènr yóuzhōng de xièyì . Zhèixiē cháyè shì zìjǐ zhòng 、 zìjǐ
這 份 兒 由 衷 的 謝 意。這 些 茶 葉 是 自 己 種、自 己

chǎo de , xī wàng nǐmen búyào jiànxiào .
炒 的，希 望 你 們 不 要 見 笑。

Zuìhòu, zài cì biǎodá zhōngxīn de gǎnxiè , bìng zhù guì jítuán
最 後，再 次 表 達 衷 心 的 感 謝，並 祝 貴 集 團

shēngyi xīnglóng 、 zhēngzhēng-rìshàng !
生 意 興 隆、蒸 蒸 日 上！

Fú jiàn chánóng
福 建 茶 農

Lín Cháhǎo quánjiā jǐn shàng
林 茶 好 全 家 謹 上

èr líng yī èr nián jiǔ yuè jiǔ rì
2 0 1 2 年 9 月 9 日

---

1. "塞" 是多音字，在口語裏或單用的時候一般讀 sāi，如 "塞給他
們"；用在組成詞語的時候，讀 sè，如 "阻塞" "塞責"；在 "塞外"
中讀 sài。

zìyóuxíng	jíhé	jiěsàn	dìbiāo	tuántǐpiào	zhǎngzhě yōuhuì
自由行	集合	解散	地標	團體票	長者優惠

miǎnfèi	jiāoqián	tuìkuǎn	dìtú	dǎoyóu	lǐngduì
免費	交錢	退款	地圖	導遊	領隊

tànfǎng	dìdiǎn	shíjiān	chídào	zhǔnshí
探訪	地點	時間	遲到	準時

lǚguǎn	bīnguǎn	jiǔdiàn	zhāodàisuǒ	cāntīng
旅館	賓館	酒店	招待所	餐廳

yíshī	bàoshī	xuánshǎng	xúnzhǎo	shīwùzhāolǐngchù
遺失	報失	懸賞	尋找	失物招領處

zuòfèi	hùzhào	zhèngjiàn	xìnyòngkǎ	xiànjīn
作廢	護照	證件	信用卡	現金

gǎnxiè	pīpíng	tóusù	biǎoyáng	jiǎnglì
感謝	批評	投訴	表揚	獎勵

chēngzàn	yíhàn	xīnwèi
稱讚	遺憾	欣慰

練 習

一、課堂談話內容

1. 為內地來的旅客安排香港三日遊的行程。

2. 到外地旅遊應該避免哪些不當的行為？

3. 你去過內地或台灣旅遊嗎？

二、角色扮演

角色：（1）自由行旅客 （2）本港旅行社導遊

［活動一］

情境：就強行安排購物一事進行對話。

［活動二］

情境：就更改旅遊景點一事進行對話。

三、語音複習

［讀準輕聲］

kòng wèi zi	zhuōzi	jiǎo zi	érzi	yíbèizi	wèile
空 位子	桌子	餃子	兒子	一輩子	為了

duān guoqu	jiā li	xiǎngzhe	wàibian	juéde
端 過去	家裏	想 着	外 邊	覺得

zánmen	duōshao	dōngxi	péngyou	kǒudai
咱 們	多 少	東西	朋 友	口 袋

shēngyi	pàozhang
生意	炮 仗

四、詞語運用

選出適當的量詞，填在括號裏。

［間 對 件 副 頂 場］

1. 一（　　）枕頭　　　2. 一（　　）對聯

3. 一（　　）屋子　　　4. 一（　　）比賽

5. 一（　　）帳篷　　　6. 一（　　）禮物

Xiānggǎng Fǎlǜ Zhīshi Diǎndī
香港法律知識點滴

Mǒu Mǒumǒu lǜshī yǎnjiǎnggǎo
✕ ✕✕ 律師 演講稿

Jīntiān wǒ dǎsuan jièshào yìdiǎnr jīběn fǎlǜ zhīshi. Xiānggǎng
今天 我 打算 介紹 一點兒 基本 法律 知識。 香 港

de fǎlì bǐjiào duō, érqiě bǐjiào fùzá. Dàjiā zhīdao, rènhé yí ge
的 法例 比較 多，而且 比較 複雜。大家 知道，任何 一 個

dìqū de fǎlǜ fùzá jīngxì yǔ fǒu, zhíjiē fǎnyìng gāi dìqū de fāzhǎn
地區的 法律 複雜 精細 與 否，直接 反映 該 地區 的 發展

zhuàngkuàng jí duì fǎzhì de shíjì xūyào. Jùtǐ lái shuō, suízhe
狀況 及 對 法治 的 實際 需要。具體 來 說，隨着

rénkǒu de zēngjiā jí shāngyè huódòng de zēngzhǎng, fǎlǜ kěndìng
人口 的 增加及 商業 活動 的 增長，法律 肯定

biàn de yuèláiyuè fùzá jí jīngxì. Zǒngzhī, zhǐyào rén yǔ rén zhījiān
變 得 越來越 複雜 及 精細。 總之，只要 人 與 人 之間

yǒu suǒ jiēchù, yòng fǎlǜ lái guǎnzhì rén yǔ rén zhījiān de quánlì hé
有 所 接觸[1]，用 法律 來 管治 人 與 人 之間 的 權利 和

yìwù shì zài suǒ nánmiǎn de.
義務 是 在 所 難免 的。

Wǒ xiǎng xiān jièshào yíxià Xiānggǎng de lìfǎ chéngxù. Xiāng
我 想 先 介紹 一下 香 港 的立法 程序。香

gǎng de fǎlǜ shì yóu lìfǎ jīguān——Lìfǎhuì zhìdìng de. Lìfǎhuì
港 的 法律 是 由 立法 機關——立法會[2] 制定 的。立法會

---

1. "觸"的聲母是送氣音 ch。在廣州話中，"觸"跟"祝"同音，説普
  通話時容易混淆。用"觸"組成的詞語很多，如"接觸""觸動""觸
  電""觸目驚心"要注意發準音。
2. 香港回歸前為立法局。

měi yuè dìngqī kāihuì , zhìdìng gè zhǒng fǎlì . Jiǎ rú zài shīxíng zhōng
每 月 定期 開會，制定 各 種 法例。假如 在 施行 中

fājué mǒu yì fǎlì yǒu lòudòng huò yǒu wèi wánshàn zhī chù , Lìfǎhuì
發覺 某 一 法例 有 漏洞 或 有 未 完善 之 處，立法會

kěyǐ zài hěn duǎn de shíjiān nèi zhìdìng bǔchōng fǎlì , gēnggǎi bù tuǒ-
可以 在 很 短 的 時間 內 制定 補 充 法例，更改 不 妥

shàn de fǎlì .
善 的 法例。

Wǒ rènwéi Xiānggǎng de fǎlǜ kěyǐ shuō shì gōngkāi ér zhōuxiáng
我 認為 香 港 的法律 可以 說 是 公開 而 周 詳

de . Zài Xiānggǎng shēnghuó , yào zuò mǒu yí jiàn shìqing de shíhou ,
的。在 香 港 生活，要 做 某 一 件 事情 的 時候，

dōu kěyǐ qīnzì huò tòuguò lǜshī ér liǎojiě dào qí suǒ nǐ zuò de shì ,
都 可以 親自 或 透過 律師 而 瞭解 到 其 所 擬 做 的 事，

fǎlǜ shìfǒu róngxǔ jí zài fǎlǜ shang yǒu méiyǒu kùnnan .
法律 是否 容許 及 在 法律 上 有 沒 有 困難。

Yǒu rén wèn , gēnjù Xiānggǎng fǎlǜ shìfǒu rénrén píngděng ? Yīng-
有 人 問，根據 香 港 法律 是否 人人 平 等？ 應

gāi kàndào , zài rènhé dìfang , rénjì guānxi dōu yǒu qí zhòngyàoxìng ,
該 看到，在 任何 地方，人際 關係 都 有 其 重 要性，

dànshì zài Xiānggǎng , rénjì guānxi bìng búshì juéduì de . Wǒ rènwéi
但是 在 香 港，人際 關係 並 不是 絕對 的。我 認為

gēnjù Xiānggǎng de fǎlǜ , rén yǔ rén zhījiān shì píngděng de .
根據 香 港 的法律，人 與 人 之間 是 平 等 的。

Xiānggǎng fǎlǜ de zhòngyào tèzhēng zhī yī , jiùshì xíngzhèng
香 港 法律 的 重要 特徵 之 一，就是 行 政

hé sīfǎ liǎng ge jīgòu shì fēnkāi de , érqiě shì dúlì de . Yě jiùshì
和 司法 兩 個 機構 是 分開 的，而且 是 獨立 的。也 就是

shuō , Xiānggǎng de sīfǎ shì dúlì de . Zhè yí zhìdù duì wéihù shì-
說 ， 香 港 的 司法 是 獨立 的。這 一 制度 對 維護 市

mín de quánlì fēicháng zhòngyào . Rúguǒ yìbān shìmín yǔ zhèngfǔ yǒu
民 的 權利 非常 重要 。如果 一般 市民 與 政府 有

jiūfēn , shìmín kěyǐ dédào yí ge gōngpíng shěnxùn de jī huì , fǎ tíng
糾¹紛，市民 可以 得到 一個 公平 審訊 的 機會，法庭

yě bú huì piāntǎn zhèng fǔ , fǎ tíng yǒu quán mìnglìng zhèng fǔ xiàng
也 不會 偏祖 政府，法庭 有 權 命令 政府 向

mǒu sī rén huò sī rén jīgòu péicháng sǔnshī , fǎ tíng zhèyàng zuò bìng bú
某 私人 或 私人 機構 賠償 損失，法庭 這樣 做 並 不

shì fǎn zhèngfǔ , ér zhǐ búguò shì wéihù fǎjì .
是 反 政府，而 只 不過 是 維護 法紀。

Zuìhòu wǒ shuōshuo Xiānggǎng de lǜshī . Zài Xiānggǎng , lǜshī jí
最後 我 說 說 香 港 的 律師。在 香 港，律師 及

qítā zhíyè , rú gōngchéngshī 、yīshēng 、kuàijìshī , dōu chēngwéi zìyóu
其他 職業，如 工 程 師、醫生、會計師，都 稱 為 自由

zhíyè zhě . Yě jiùshì shuō , lǜshī bìng bù yí dìng shì zhèngfǔ de gùyuán
職業 者。也 就是 說，律師 並 不 一定 是 政府 的 僱員

huò dà gōngsī de gùyuán , tāmen kěyǐ zìjǐ kāishè lǜ shī shìwùsuǒ , dài
或 大 公司 的 僱員，他們 可以 自己 開設 律師 事務所，代

biǎo kè rén jí zhàogu kè rén de lìyì . Lǜshī shìwùsuǒ shì sīrén jīgòu ,
表 客人 及 照 顧 客人 的 利益。律師 事務所 是 私人 機構，

lǜ shī běnshēn xūyào fùzé qí yèwù shang de yíng-kuī .
律師 本 身 需要 負責 其 業務 上 的 盈虧。

---

1. "糾"在廣州話可讀作"抖"音，所以在説普通話時容易混同，可利
　用同音字記憶，"糾"跟"研究"的"究"同音。

有關詞語 🎧 B14-2

fǎlǜ zhīshi	fǎlì	dìqū	fùzá	jīngxì	shāngyè huódòng
法律 知識	法例	地區	複雜	精細	商業 活動

jiēchù	guǎnzhì	quánlì	yìwù	lìfǎ jīguān	Lìfǎhuì
接觸	管制	權利	義務	立法 機關	立法會

lòudòng	wánshàn	bǔchōng	tuǒshàn	shìfǒu
漏洞	完善	補充	妥善	是否

rén jì guān xi	zhòngyàoxìng	juéduì	píngděng	xíngzhèng
人際 關係	重要性	絕對	平等	行政

sīfǎ	dúlì	zhìdù	wéihù	jiūfēn	shěnxùn	fǎtíng
司法	獨立	制度	維護	糾紛	審訊	法庭

mìnglìng	zhèngfǔ	péicháng	sǔnshī	fǎjì	lǜshī
命令	政府	賠償	損失	法紀	律師

zìyóu zhíyèzhě	gùyuán	lǜshī shìwùsuǒ
自由 職業者	僱員	律師 事務所

練 習

一、課堂談話內容

1. 香港的律師分幾種？有什麼不同？

2. 你熟悉香港的法律嗎？介紹你所熟悉的一兩種法律。

3. 香港的法制還有哪些不完善的地方？

二、命題說話

自定題目，作 3 分鐘簡短發言。

三、正音練習

[讀準聲調]

fǎ 法	fǎlù 法律	fǎlì 法例	fǎzhì 法治	wéifǎ 違法	sīfǎ 司法	lìfǎ 立法
fā 發	fāzhǎn 發展	fādá 發達	fāshēng 發生	bàofā 爆發	róngguāng-huànfā 容 光 煥發	

jì 紀	jìlù 紀律	jìniàn 紀念	jìlù 紀錄	fǎjì 法紀	fēngjì 風紀
jǐ 己	zìjǐ 自己	zhījǐ-zhībǐ 知己知彼	gèshū-jǐjiàn 各 抒 己見		

四、詞語運用

請用口語化的詞語，改換下面各句中劃有底線的部分。

1. 市民與政府的糾紛……

2. 律師及其他職業，如工程師……

3. 有漏洞或有未完善之處，可以更改。

4. 該項政策有其重要性。

附：香港政府部門名稱

司長

Zhèngwùsī sīzhǎng　Cáizhèngsī sīzhǎng　Lǜzhèngsī sīzhǎng
政務司　司長　財政司　司長　律政司　司長

主要決策局

Gōngwùyuán Shìwùjú　Zhèngzhì Jí Nèidì Shìwùjú　Jiàoyùjú
公務員　事務局　政制及內地事務局　教育局

Shíwù Jí Wèishēngjú　Láogōng Jí Fúlìjú　Bǎo'ānjú
食物及　衛生局　勞工及福利局　保安局

Yùnshū Jí Fángwūjú　Shāngwù Jí Jīngjì Fāzhǎnjú
運輸及房屋局　商務及經濟發展局

主要部門

Rùjìng Shìwùchù　Tǔdì Zhùcèchù　Kānglè Jí Wénhuà Shìwùshǔ
入境事務處　土地註冊處　康樂及文化事務署

Gōngsī Zhùcèchù　Huánjìngbǎohùshǔ　Chéngjiàoshǔ
公司註冊處　環境保護署　懲教署

Shèhuì Fúlì shǔ　Wèishēngshǔ　Shíwù Huánjìng Wèishēngshǔ
社會福利署　衛生署　食物環境衛生署

Lǜzhèngshǔ　Shuìwù jú　Xiānggǎng Hǎiguān　Xiānggǎng Xiāofángchù
路政署　稅務局　香港海關　香港消防處

Xiānggǎng Jǐngwùchù　Liánzhèng Gōngshǔ　Yùnshūshǔ　Láogōngchù
香港警務處　廉政公署　運輸署　勞工處

Fángwū Wěiyuánhuì
房屋委員會

Àihù　Dìqiú
愛護地球

Yǒu rén céngjīng shuōguo, wǒmen ài dìqiú, yīnggāi xiàng ài zìjǐ
有人 曾 經 說 過，我 們 愛地球，應 該 像 愛自己

de jiā; bǎohù dìqiú, yīnggāi xiàng bǎohù zìjǐ de háizi yíyàng.
的家；保護地球，應 該 像 保護自己的孩子一樣。

Zài jiā li, fù mǔ xiōngmèi xiāngqīn-xiāng'ài、hùxiāng fúchí;
在家 裏，父母兄妹相 親 相 愛、互相 扶持；

gòngtóng xiǎngyǒu qīnqíng, gòngtóng xiǎngyǒu fùlì tánghuáng huò shí-
共 同 享有親情，共 同 享有富麗堂 皇 或 十

fēn jiǎnlòu de jiā jū. Wǒmen zhēnxī gòngyǒu de yíqiè, cóng ménchuāng
分 簡陋的家居。我 們 珍惜 共 有 的一切，從 門 窗

yángtái, dào huāyuán huò shuāngcéngchuáng. Jǐnguǎn jīngjì tiáojiàn
陽台，到 花 園 或 雙 層床。儘¹管 經濟 條件

kěnéng yǒu tiānrǎngzhībié, dàn àihù jiāyuán de xīntài què méiyǒu tài
可能 有 天 壤 之別，但 愛護 家 園 的心態 卻 沒有太

dà de chāyì.
大的 差²異。

---

1. "儘管"的"儘（jǐn）"跟"盡力"的"盡（jìn）"廣州話讀音相同，
普通話"儘"讀第三聲，組成的詞語還有"儘快"。

2. "差"是多音字，在"差異、差別、誤差"中讀第一聲 chā；在"很
差""差不多"中讀第四聲 chà；還有在"出差（chūchāi）""參差
（cēncī）"中讀音也不同。

可是，你曾否捫心自問，我們對共有的家園——地球，又抱着怎樣的態度呢？

我們愛護地球，不能只因為恐怕地球上的資源用完了，以後就沒得用。試問你撫育、栽培自己的孩子，難道只是為了將來要靠他們養老嗎？

還有，在家裏，我們跟鄰居會融洽相處，在學校和工作崗位上，與同學、同事會相互尊重、包容。那我們與地球上的其他動物，又應該怎樣共同使用地球這個家園呢？

垃圾分類、塑料袋收費是自上而下的措施，作為一個普通的老百姓，我們又能不能自發地做點兒什麼呢？

愛護地球、保護環境，應該不只是空洞的口號，讓我們行動起來吧！

棉猴兒

Dàole dōngjì, tiānhán-dìdòng, dàjiā dōu xǐhuan chuān yǔróngfú.
到了 冬季， 天寒地凍 ，大家 都 喜歡 穿 羽絨服。

Zhōngguó jǐ shí nián qián jiù liúxíng yì zhǒng hěn xiàng yǔróngfú de
中 國 幾十 年 前 就 流行 一 種 很 像 羽絨服 的

fúzhuāng——miánhóur.
服裝 —— 棉猴兒。

Miánhóur shì Zhōngguó běifāng tèyǒu de yì zhǒng dōngjì fú-
棉猴兒 是 中 國 北 方 特有 的 一 種 冬季 服

zhuāng. Tā de tèdiǎn shì dàyī[1] hé màozi lián zài yìqǐ, tōngcháng
裝 。它 的 特點 是 大衣[1]和 帽子 連 在 一起， 通 常

yòng díquèliáng kǎ jī huò dēngxīnróng zuò miànr, lǐmiàn xùshang
用 的確良 咔嘰 或 燈 心 絨 做 面兒，裏面 絮上

miánhua, huòzhě guàshang yánggāor pí. Dōngtiān, tèbié shìfēngxuě
棉花 ， 或者 掛上 羊羔兒 皮。 冬天 ，特別 是 風雪

jiāojiā de shíhou, rénmen dōu tǐng xǐhuan chuān miánhóur, lián yìxiē
交加 的 時候，人們 都 挺 喜歡 穿 棉猴兒，連 一些

lǚjū Běijīng de wàijí rénshì, yě xǐhuan chuān zhèi zhǒng jí fù tèsè
旅居 北京 的 外籍 人士，也 喜歡 穿 這 種 極富 特色

de yīfu ne.
的 衣服 呢。

1."大衣"是較長的外衣，即廣州話説的"大樓"，較短的叫"短大衣""外
套"。

有關詞語 (B15-3)

néngyuán	shēngtài huánjìng	lǜ sè dītàn	páifàng	jiǎnpái
能源	生態環境	綠色低碳	排放	減排

wūrǎn	jiénéng	lājī fénshāo	fèi qì	fèishuǐ	fèiqìwù
污染	節能	垃圾焚燒	廢氣	廢水	廢棄物

hé fèiliào	fúshè	yǒu dú	zhì'ái	gōnghài	chǔlǐ
核廢料	輻射	有毒	致癌	公害	處理

shìfàng	duītiánqū
釋放	堆填區

chūn	xià	qiū	dōng	jìjié	hánlěng	yánhán
春	夏	秋	冬	季節	寒冷	嚴寒

kùrè	liángshuǎng	nuǎnhuo	lěngfēng cì gǔ	yúnwù mímàn
酷熱	涼爽	暖和	冷風刺骨	雲霧瀰漫

qíngkōng-wànlǐ	qiūgāo-qìshuǎng	tiānqì yùbào
晴空萬里	秋高氣爽	天氣預報

tiānnán-dì běi	wǔzhōu-sìhǎi	yímín	huíliú	dìngjū	lǎowài
天南地北	五洲四海	移民	回流	定居	老外

練 習

一、課堂談話內容

1. 談談你對環保的認識。你自己是怎麼做的？

2. 你對於垃圾分類處理有什麼看法？目前的措施足夠嗎？

3. 評論名人的穿着打扮。

4. 春夏秋冬四季裏，你最喜歡哪一個季節？為什麼？

二、命題說話

自定題目，作 3 分鐘簡短發言。

三、正音練習

[讀準字音]

1. mào 帽	màozi 帽子	yāshémào 鴨舌帽	xiémào diàn 鞋帽店	tuō mào 脫帽
móu 謀	móulüè 謀略	jìmóu 計謀	yīnmóu 陰謀	zúzhì-duōmóu 足智多謀
2. sù 塑	sùliào 塑料	sùzào 塑造	sùxiàng 塑像	diāosù 雕塑
suǒ 索	suǒxìng 索性	shéngsuǒ 繩索	suǒyǐn 索引	suǒqǔ 索取

四、詞語運用

選出適當的量詞，填在括號裏。

[本 把 滴 根 節 頂]

1. 一（　　）繩子　　　　2. 一（　　）賬

3. 一（　　）課　　　　　4. 一（　　）油

5. 一（　　）轎子　　　　6. 一（　　）鑰匙

附　錄

普通話音節表

例字 聲母	韻母	開口的韻母							
		a	o	e	ê	er	-i	ai	ei
雙唇音	b	ba 巴	bo 玻					bai 白	bei 杯
	p	pa 趴	po 坡					pai 拍	pei 呸
	m	ma 媽	mo 摸	me 麼				mai 埋	mei 眉
唇齒音	f	fa 發	fo 佛						fei 飛
舌尖中音	d	da 搭		de 得				dai 呆	dei 得
	t	ta 他		te 特				tai 胎	
	n	na 拿		ne 訥				nai 奶	nei 內
	l	la 拉		le 樂				lai 來	lei 雷
舌根音	g	ga 嘎		ge 哥				gai 該	gei 給
	k	ka 卡		ke 科				kai 開	kei 剋
	h	ha 哈		he 喝				hai 海	hei 黑
舌面音	j								
	q								
	x								
舌尖後音	zh	zha 渣		zhe 遮			zhi 知	zhai 齋	zhei 這
	ch	cha 插		che 車			chi 吃	chai 拆	
	sh	sha 沙		she 奢			shi 詩	shai 篩	shei 誰
	r			re 熱			ri 日		
舌尖前音	z	za 雜		ze 則			zi 資	zai 災	zei 賊
	c	ca 擦		ce 測			ci 疵	cai 猜	cei 瓲
	s	sa 撒		se 色			si 私	sai 腮	
零聲母		a 啊	o 噢	e 鵝	ê 欸	er 兒		ai 哀	ei 欸

例字 韻母 聲母	開口的韻母						
	ao	ou	an	en	ang	eng	ong
雙唇音 b	bao 包		ban 般	ben 奔	bang 幫	beng 崩	
雙唇音 p	pao 抛	pou 剖	pan 潘	pen 噴	pang 乓	peng 烹	
雙唇音 m	mao 貓	mou 謀	man 蠻	men 悶	mang 忙	meng 矇	
唇齒音 f		fou 否	fan 翻	fen 分	fang 方	feng 風	
舌尖中音 d	dao 刀	dou 兜	dan 單	den 扽	dang 當	deng 登	dong 東
舌尖中音 t	tao 滔	tou 偷	tan 攤		tang 湯	teng 疼	tong 通
舌尖中音 n	nao 腦	nou 耨	nan 南	nen 嫩	nang 囊	neng 能	nong 農
舌尖中音 l	lao 撈	lou 樓	lan 蘭		lang 郎	leng 冷	long 龍
舌根音 g	gao 高	gou 溝	gan 甘	gen 根	gang 剛	geng 耕	gong 工
舌根音 k	kao 考	kou 摳	kan 刊	ken 肯	kang 康	keng 坑	kong 空
舌根音 h	hao 蒿	hou 後	han 酣	hen 很	hang 杭	heng 哼	hong 轟
舌面音 j							
舌面音 q							
舌面音 x							
舌尖後音 zh	zhao 招	zhou 周	zhan 沾	zhen 真	zhang 張	zheng 爭	zhong 中
舌尖後音 ch	chao 超	chou 抽	chan 攙	chen 琛	chang 昌	cheng 稱	chong 充
舌尖後音 sh	shao 燒	shou 收	shan 山	shen 伸	shang 傷	sheng 生	
舌尖後音 r	rao 繞	rou 柔	ran 然	ren 人	rang 嚷	reng 扔	rong 榮
舌尖前音 z	zao 遭	zou 鄒	zan 簪	zen 怎	zang 髒	zeng 增	zong 宗
舌尖前音 c	cao 操	cou 湊	can 參	cen 岑	cang 倉	ceng 層	cong 聰
舌尖前音 s	sao 搔	sou 搜	san 三	sen 森	sang 桑	seng 僧	song 鬆
零聲母	ao 凹	ou 歐	an 安	en 恩	ang 骯	eng 鞥	

例字 聲母＼韻母		i 開頭的韻母								
		i	ia	ie	iao	iu (iou)	ian	in	iang	ing	iong
雙唇音	b	bi 逼		bie 別	biao 標		bian 邊	bin 賓		bing 冰	
	p	pi 批		pie 撇	piao 飄		pian 篇	pin 拼		ping 乒	
	m	mi 瞇		mie 咩	miao 苗	miu 謬	mian 棉	min 民		ming 明	
唇齒音	f										
舌尖中音	d	di 低		die 爹	diao 雕	diu 丟	dian 顛			ding 丁	
	t	ti 梯		tie 貼	tiao 挑		tian 天			ting 聽	
	n	ni 妮		nie 捏	niao 鳥	niu 妞	nian 年	nin 您	niang 娘	ning 寧	
	l	li 哩	lia 倆	lie 咧	liao 撩	liu 溜	lian 連	lin 林	liang 涼	ling 拎	
舌根音	g										
	k										
	h										
舌面音	j	ji 基	jia 家	jie 街	jiao 交	jiu 究	jian 堅	jin 今	jiang 江	jing 京	jiong 窘
	q	qi 七	qia 掐	qie 切	qiao 敲	qiu 秋	qian 千	qin 親	qiang 腔	qing 清	qiong 窮
	x	xi 希	xia 瞎	xie 些	xiao 消	xiu 休	xian 先	xin 新	xiang 香	xing 星	xiong 兄
舌尖後音	zh										
	ch										
	sh										
	r										
舌尖前音	z										
	c										
	s										
零聲母		yi 衣	ya 鴨	ye 耶	yao 腰	you 優	yan 煙	yin 因	yang 央	ying 英	yong 庸

例字＼韻母＼聲母	u 開頭的韻母									ü 開頭的韻母			
	u	ua	uo	uai	ui (uei)	uan	un (uen)	uang	ueng	ü	üe	üan	ün
雙唇音 b	bu 不												
雙唇音 p	pu 鋪												
雙唇音 m	mu 木												
唇齒音 f	fu 夫												
舌尖中音 d	du 督		duo 多		dui 堆	duan 端	dun 蹲						
舌尖中音 t	tu 禿		tuo 脫		tui 推	tuan 湍	tun 吞						
舌尖中音 n	nu 奴		nuo 挪			nuan 暖				nü 女	nüe 虐		
舌尖中音 l	lu 嚕		luo 囉			luan 亂	lun 掄			lü 呂	lüe 略		
舌根音 g	gu 姑	gua 瓜	guo 鍋	guai 乖	gui 規	guan 關	gun 滾	guang 光					
舌根音 k	ku 哭	kua 誇	kuo 闊	kuai 快	kui 虧	kuan 寬	kun 昆	kuang 筐					
舌根音 h	hu 呼	hua 花	huo 豁	huai 懷	hui 灰	huan 歡	hun 昏	huang 荒					
舌面音 j										ju 居	jue 撅	juan 捐	jun 軍
舌面音 q										qu 區	que 缺	quan 圈	qun 群
舌面音 x										xu 虛	xue 靴	xuan 宣	xun 熏
舌尖後音 zh	zhu 珠	zhua 抓	zhuo 桌	zhuai 拽	zhui 追	zhuan 專	zhun 諄	zhuang 裝					
舌尖後音 ch	chu 初	chua 欻	chuo 戳	chuai 揣	chui 吹	chuan 穿	chun 春	chuang 窗					
舌尖後音 sh	shu 書	shua 刷	shuo 說	shuai 衰	shui 水	shuan 栓	shun 順	shuang 雙					
舌尖後音 r	ru 如		ruo 若		rui 瑞	ruan 軟	run 潤						
舌尖前音 z	zu 租		zuo 昨		zui 最	zuan 鑽	zun 尊						
舌尖前音 c	cu 粗		cuo 撮		cui 催	cuan 汆	cun 村						
舌尖前音 s	su 蘇		suo 縮		sui 雖	suan 酸	sun 孫						
零聲母	wu 烏	wa 蛙	wo 窩	wai 歪	wei 威	wan 彎	wen 溫	wang 汪	weng 翁	yu 迂	yue 約	yuan 冤	yun 暈

注] 上表各音節例字中，如屬非第一聲字，均加底色。

漢語拼音方案

一、字母表

字母：	Aa	Bb	Cc	Dd	Ee	Ff	Gg
名稱：	ㄚ	ㄅㄝ	ㄘㄝ	ㄉㄝ	ㄜ	ㄝㄈ	ㄍㄝ

Hh	Ii	Jj	Kk	Ll	Mm	Nn
ㄏㄚ	ㄧ	ㄐㄧㄝ	ㄎㄝ	ㄝㄌ	ㄝㄇ	ㄋㄝ

Oo	Pp	Qq	Rr	Ss	Tt
ㄛ	ㄆㄝ	ㄑㄧㄡ	ㄚㄦ	ㄝㄙ	ㄊㄝ

Uu	Vv	Ww	Xx	Yy	Zz
ㄨ	ㄪㄝ	ㄨㄚ	ㄒㄧ	ㄧㄚ	ㄗㄝ

V 只用來拼寫外來語、少數民族語言和方言。字母的手寫體依照拉丁字母的一般書寫習慣。

二、聲母表

b	p	m	f		d	t	n	l
ㄅ玻	ㄆ坡	ㄇ摸	ㄈ佛		ㄉ得	ㄊ特	ㄋ訥	ㄌ勒

g	k	h		j	q	x
ㄍ哥	ㄎ科	ㄏ喝		ㄐ基	ㄑ欺	ㄒ希

zh	ch	sh	r		z	c	s
ㄓ知	ㄔ蚩	ㄕ詩	ㄖ日		ㄗ資	ㄘ雌	ㄙ思

在給漢字注音的時候，為了使拼式簡短，zh ch sh 可以省作 ẑ ĉ ŝ。

三、韻母表

	i ㄧ 衣	u ㄨ 烏	ü ㄩ 迂
a ㄚ 啊	ia ㄧㄚ 呀	ua ㄨㄚ 蛙	
o ㄛ 喔		uo ㄨㄛ 窩	
e ㄜ 鵝	ie ㄧㄝ 耶		üe ㄩㄝ 約
ai ㄞ 哀		uai ㄨㄞ 歪	
ei ㄟ 欸		uei ㄨㄟ 威	
ao ㄠ 熬	iao ㄧㄠ 腰		
ou ㄡ 歐	iou ㄧㄡ 憂		
an ㄢ 安	ian ㄧㄢ 煙	uan ㄨㄢ 彎	üan ㄩㄢ 冤
en ㄣ 恩	in ㄧㄣ 因	uen ㄨㄣ 溫	ün ㄩㄣ 暈
ang ㄤ 昂	iang ㄧㄤ 央	uang ㄨㄤ 汪	
eng ㄥ 亨的韻母	ing ㄧㄥ 英	ueng ㄨㄥ 翁	
ong (ㄨㄥ) 轟的韻母	iong ㄩㄥ 雍		

（1）"知、蚩、詩、日、資、雌、思"等七個音節的韻母用 i，即：知、蚩、詩、日、資、雌、思等字拼作 zhi、chi、shi、ri、zi、ci、si。

（2）韻母儿寫成 er，用做韻尾的時候寫成 r。例如："兒童"拼作 er tong，"花兒"拼作 huar。

（3）韻母ㄝ單用的時候寫成 ê。

（4）i 行的韻母，前面沒有聲母的時候，寫成 yi（衣）、ya（呀）、ye（耶）、yao（腰）、you（憂）、yan（煙）、yin（因）、yang（央）、ying（英）、yong（雍）。

u 行的韻母，前面沒有聲母的時候，寫成 wu（烏）、wa（蛙）、wo（窩）、wai（歪）、wei（威）、wan（彎）、wen（溫）、wang（汪）、weng（翁）。

ü 行的韻母，前面沒有聲母的時候，寫成 yu（迂）、yue（約）、yuan（冤）、yun（暈）；ü 上兩點省略。

ü 行的韻母跟聲母 j、q、x 拼的時候，寫成 ju（居）、qu（區）、xu（虛），ü 上兩點也省略；但是跟聲母 n、l 拼的時候，仍然寫成 nü（女）、lü（呂）。

（5）iou、uei、uen 前面加聲母的時候，寫成 iu、ui、un。例如 niu（牛）、gui（歸）、lun（論）。

（6）在給漢字注音的時候，為了使拼式簡短，ng 可以省作 ŋ。

四、聲調符號

陰平	陽平	上聲	去聲
－	ˊ	ˇ	ˋ

聲調符號標在音節的主要母音上，輕聲不標。例如：

媽 mā	麻 má	馬 mǎ	罵 mà	嗎 ma
（陰平）	（陽平）	（上聲）	（去聲）	（輕聲）

五、隔音符號

　　a、o、e 開頭的音節連接在其他音節後面的時候，如果音節的界限發生混淆，用隔音符號（'）隔開，例如：pi'ao（皮襖）。

責任編輯	李玥展　張橙子　席若菲	
美術設計	吳冠曼	
朗　　讀	肖正芳　楊長進	

書　　名	**新編普通話教程・中級**（修訂版）（錄音掃碼即聽版）
編　　著	楊長進　張勵妍　肖正芳
統　　籌	姚德懷
主　　編	繆錦安
出　　版	三聯書店（香港）有限公司
	香港北角英皇道 499 號北角工業大廈 20 樓
	Joint Publishing (H.K.) Co., Ltd.
	20/F., North Point Industrial Building,
	499 King's Road, North Point, Hong Kong
香港發行	香港聯合書刊物流有限公司
	香港新界荃灣德士古道 220-248 號 16 樓
印　　刷	美雅印刷製本有限公司
	香港九龍觀塘榮業街 6 號 4 樓 A 室
版　　次	2012 年 11 月香港修訂版第一版第一次印刷
	2023 年 9 月香港修訂版第二版第一次印刷
規　　格	大 32 開（140 × 210 mm）144 面
國際書號	ISBN 978-962-04-5322-9